独具匠心

黄发科 著

中国文联出版社

图书在版编目（CIP）数据

独具匠心 / 黄发科著. -- 北京：中国文联出版社，
2023. 10
ISBN 978-7-5190-5332-1

Ⅰ. ①独… Ⅱ. ①黄… Ⅲ. ①随笔—作品集—中国—
当代 Ⅳ. ①I267. 1

中国国家版本馆 CIP 数据核字（2023）第 198811 号

著　　者　黄发科
责任编辑　周　欣
责任校对　乔宇佳
装帧设计　中联华文

出版发行　中国文联出版社有限公司
地　　址　北京市朝阳区农展馆南里 10 号　　　　邮编　100125
电　　话　010－85923025（发行部）　　　　010－85923091（总编室）
经　　销　全国新华书店等
印　　刷　三河市华东印刷有限公司

开　　本　710 毫米×1000 毫米　　　1/16
印　　张　14.5
字　　数　222 千字
版　　次　2024 年 3 月第 1 版第 1 次印刷
定　　价　78.00 元

自 序

匠，原指木工，引申为有专业技术的人。

匠心，能工巧匠的心思，常指文学艺术方面创造性的构思。唐王士源《孟浩然集序》有云"文不按古，匠心独妙"。

如今，说到匠心，人们自然会想到德国、日本等高端制造业国家对产品的精雕细琢、对制造精益求精的敬业精神。从业者墨守专长、研制精品、创新技术、创建标准，持之以恒、精益求精、开拓创新的作风是德国和日本高端制造业强势发展的神器。

2016年3月，中国时任国务院总理李克强在《政府工作报告》中首次提出要弘扬工匠精神。2018年始，由全国总工会、中央广播电视总台联合举办大国工匠年度人物评选活动，历时四届，40人获评。这些人尽管文化不同、年龄有别，但都拥有热爱本职、敬业奉献的美德。他们"技艺精湛，有人能在牛皮纸一样薄的钢板上焊接而不出现一丝漏点，有人能把密封精度控制在头发丝的五十分之一，还有人检测手感堪比 X 光般精准……"他们传承、钻研和创新，在专注、执着和磨砺中匠心筑梦。

大国工匠们的成功实践表明，只有在工作上心怀梦想、热爱本职、脚踏实地，勤勤恳恳、兢兢业业、善于思考，勇于担当、尽职尽责、精益求精的人，才可能成就自己的事业，才有望放大人生价值。

爱岗敬业，是社会主义核心价值观之一。作为普通的劳动者，一旦选择好自己的职业，就应该全身心投入其中，干一行、爱一行、专一行、精一行，勤勉务实，坚持不懈，穷尽一生磨炼技能、挑战困难突破自我的敬业精神就是工匠精神。

我是一名教师，谑称"教书匠"，我所喜欢的版画和根雕创作多在雕刻上用功，也算是个"雕匠"，既然沾上了"匠"气，做事就得有些"匠心"。

先说教书。

1984年中师毕业后，只想做个好老师，有机会进入区政府团委，我没兴趣。工作两年后执意要调到另一所学校，学校教导主任挽留，和我谈了一个晚上，说他很快会当校长（后来果然如此），留我接他的班，无奈我去意已决。我喜欢和学生在一起，就该一心一意把教书进行到底，转眼38年过去了。

教书里的学问太大，必须带着敬畏之心。著名特级教师李镇西老师说自己的教育经历"错误不断，伤痕累累"，我们普通教师更应该甘当小学生，处处寻找老师，用心学习。

学生是我的老师，生本也是课本，学生所愿即我所能、所做，所以心中有人，在一颦一笑、举手投足中了解学生，研究学生，成就学生的发展；课堂是我的老师，"行是知之始，知是行之成"（陶行知），东差西误，成败得失，勤于问诊和反思是提质增效的法宝；书本是我的老师，游览知识宝库，开阔视野，增长见识，获得理念更新和经验积累；名师是我的老师，名师的思想、智慧、行动和成就里藏经纳宝，取之不尽；社会生活也是我的老师，教育要密切联系生活实际，为学生的终极幸福而教，处处留心皆学问；有时候，自己也是自己的老师，认识和完善自我，不断学习反思，扬长避短，自我加油鞭策。信息时代，网络给学习带来了极大的便利，一机在手便知天下事，碎片时间也能被有效利用。总之，带着求知若渴的童心，学无止境。

"学而不思则罔，思而不学则殆。"思考让人成熟并产生创造力。凯瑟琳·麦克米兰认为，写作即思考。从1998年论文获得全国首届中师美术教学论文评比二等奖以后，我就一直在阅读、实践中不停地思考，并通过撰写教学案例、教育随笔和教育论文等形式反思课堂得失，总结教学经验，汇聚实践成果，在《中等职业教育》《教育文汇》《江西教育》《少儿美术》等刊物上发表文章50多篇。博客风行的年代，我在网易做了个名为"拾荒者"的博客，后来被评为省级一等奖，被合教网推上"教育名博"栏目，又被教育部直属的中国教育新闻网推荐为网站首页热门博客，与著名特级教师吴非（王栋生）老师同框，甚感荣幸。在这期间，有 220 多篇教育随笔被网站首页推送，我在全国结识了众多良师益友。公开出版《烛光夜话》《烛光夜话·蹲下来教书》《善美求真》《独具匠心》四本文集，书名里留有我对教育思考的发展轨迹：《烛光夜话》记录的是我在教育教学中的点滴思考，《蹲下来教书》则明确呈现了生本教育理念，《善美求真》试图从善出发寻求以美育人的路径，《独具匠心》是对自我完善的更高要求。愚者千虑必有一得，在实践中思考，并将思考应用于实践，已经变成我的教育生活习惯。

李镇西老师说，教师的成长需要不停地实践、不停地阅读、不停地写作、不停地思考。其中最核心的是"不停地思考"，以思考统帅并贯穿实践、阅读和写作。四个"不停"的劳动必然会带来收获。

1998 年，在安徽省首届中师生省艺术节上，学生郭未群获得合肥市唯一的一个一等奖；2002 年，在合肥市首届中小学生语文课选篇插图大赛上，学生王莉获得第一名；2013 年，在合肥市中小学生禁毒漫画大赛上，学生周慧获得高中组第一名；在全国中职生"文明风采"摄影大赛上，学生多年在合肥市独占鳌头，被选送参加省赛和国赛，获得 50 多项奖励。学生作品在《师范教育》《江西教育》《少儿美术》《音体美报》《合肥晚报》等多种报刊发表。在学校 2007 和 2009 两届综合高中美术特色班教学中，所授班级也获得高考本科双达线过半的良好成绩，创本校升学率之最。近年来，在"美育润心，德育铸魂"地方优秀文化资源的课程开发中，学生作品频频登上《德育报》《安徽日报》《合肥日报》以及合肥卫视、肥东新闻等媒体，教学教研活动也被人民日报网、中国新闻网、中国教育新闻网、学习强国等多个国家级主流媒体网站报道。2018 年和 2022 年连续两次领衔申报安徽省中等职业教学成果奖评比并获得一等奖。这些都在学校教育质量提升上起到了良好的示范和推进作用。

苏霍姆林斯基认为，教师的工作本来就带有研究因素，学生个体都是具有自己的思想、情感和兴趣的，是独一无二的，如果你想使教师每天的课程快乐而不单调乏味，那就请你把每个教师引上研究的幸福之路吧。多年来，在兼职肥东县美术教研员和合肥市美术名师工作室主持人岗位上，我坚持在课堂教学、课题研究、课程开发等方面引领带动，为省内外教师培训举办讲座 40 多次，成就了一大批美术骨干教师的成长。

再说创作。

孔子说："志于道，据于德，依于仁，游于艺。"这里的"艺"包括礼、乐、射、御、书、数等六艺，是 2500 多年前对教师素养的要求。"艺"绝非单指艺术，但合格的美术教师，除了储备丰厚的教师基本素养，还要不断提高艺术素养。

因大量的时间用于教学和教研工作，我在专业修炼上花的时间明显不足，却从不敢放弃。一方面通过阅读美术专著、画册、报纸杂志，观摩艺术展览开阔视野，提高理论修养。另一方面利用闲暇时间进行美术创作。我的兴趣广泛，油画、版画、国画、根雕、奇石和摄影都有涉猎，但我偏爱根雕。原因是身居乡村，在就地取材的同时还可以锻炼身体，一举两得，所以坚持下来，攒起了作品百余件。可能是作品在构思和立意上颇有新意，曾应《当代教育家》编辑束晨晨老师的约稿做专版介绍，也有多件刊载于天津《少儿美术》杂志和地方报纸。

相比来讲，绘画的创作较少，参展也少，有代表性的几次是：版画《小桔灯》入围教育部和中国美协联办的全国展，漫画《毒蛇》获安徽省公安厅主办的禁毒漫画大赛二等奖，版画《劳动者》获安徽省美协主办的全省美术教师作品展最高奖优秀作品奖，版画《守望在希望的田野上》获合肥市第五届职工文化艺术节绘画作品首奖，油画《峥嵘岁月》《在水一方》分别获合肥市美术教师作品展一等奖，有三次省市级获奖，还上台接受了颁奖，仪式感十足。此外，版画《中国好人》赴港参加"合肥·香港版画交流展"联办的"合肥市美术骨干教师十人展"，部分作品发表于各类报刊。随着智能手机的普及，摄影变成了我的家常便饭，随见随拍随发，把生活情趣和哲学思考有机融入美图，获得了朋友和学生的喜爱。多年前，我给摄影和根雕配上短诗和介绍，弄了本《根雕·摄影诗话（我教学生这样玩）》的册子，已故安徽省作家协会副主席高正文先生为此送了个大众文艺出版社的图书出版机会给我，甚是感动。

艺术创作让我悟出教书育人的真谛。例如，创作的构思、构图如学生的职业发展规划，要精心谋划；"化腐朽为神奇"的根艺，坚定了我重塑中职学生职业理想的信念；绘画试错的过程，揭示了学生成长的规律，让我学会宽容和等待；奇石"捡漏"的智慧，启发我时刻不忘发现学生的特长，发掘其艺术才能……教育之道就是匠心之道。

一般美术教师的课余时间相对比较充裕，若是专注于创作，个人或能有所成就。广州美术学院黄露博士和我聊过，教师的天职首先是教书育人，而不是做艺术家。我赞成他的观点，以教学为主，创作为辅，创作服务于教学，在教学中融入艺术家的工匠精神，二者有机结合，"尽精微，致广大"（徐悲鸿），最终成就学生的发展。

不少同行认为我喜欢做事，也做了不少事，颇为"用心"，但我自觉"匠心"不够，心有余而力不足，达不到想要的境界，所以"一辈子做老师，一辈子学做老师"（于漪）。人的时间和精力是有限的，但追梦的脚步不能停止，最美的风景总在远方。

本书选取了近年来撰写的80篇教育随笔，分为"心中有梦""目中有人""手中有器""画中有话"四辑，记录了自己在学习、工作与生活中的想法和做法：心中有梦，追求美好的教育愿景；目中有人，胸怀人本的教育理念；手中有器，运用高效的教学策略；画中有话，描述温暖的人文情怀。笔者试图用叙事说理的方式描绘带有个人特色的成长足迹，以求在反思中取得进步，若能给青年教师若干启发，不胜荣幸！其中难免谬误之处，敬请指正。

目录

第一章　心中有梦

独具匠心

我喜欢做根雕。起初，有老师泼冷水，说本地缺少优质根材，做不出名堂来。可我认为，各类弃根比比皆是，村头巷尾、沟坎河畔和施工工地上可以随手捡来，随心所欲地摆弄，放飞创想又能活动筋骨，这种"无本生意"值得尝试。于是，一做就是20多年。

根雕创作要用"减法"。要善于捕捉灵感，化繁为简，去伪存真。如作品《亲子》，由乡村极为常见的老槐树根做成，原本枝杈繁杂，纹理纵横，显得粗鄙不堪，但凹凸坑洼、起伏有致，造型颇为独特。比较突出的是一个鸡头形，由此联想到鸡的身体和尾巴。围绕这个主体形象，去掉周围的杂枝，留下根部做成爬到鸡妈妈背上和躲在尾部、翼下探头张望的小鸡，就能再现乡野村头母鸡带小鸡的温暖情境。

根雕创作还要做"加法"。这里的"加"是指在作品内涵和趣味上的发掘与拓展，无中生有，创意无限。如作品《悲鸣》，根材是建筑工地上被推土机挖断、碾压的一段残根，形态简略，路人不会再看它第二眼，但它突出的一小段根和满身裂纹让我灵光一现，便把断枝做成一只仰首悲鸣的鸟儿，因家园被毁坏而"呐喊"。于是，断裂残破变成了焦点和亮点，有效突出了生态保护的主题。

无论"减法"或"加法"，都需要作者以根为本，独具慧眼，巧夺天工，最终化腐朽为神奇。就这样，我在不知不觉中做出了百余件根雕作品，有参展获奖的，有报刊发表的，还出了本《根雕·摄影诗话（我教学生这样玩）》的册子。2013年，安徽《教育信报》记者在我的博客里看到根雕作品后，找过来做了专访，并以《会玩的"拾荒人"》为题进行报道；2017年，

3

应《当代教育家》杂志编辑束晨晨老师所约，在封三上发表了5件作品，《肥东报》也做过介绍。我除了自己做，也教学生做，教学案例《化腐朽为神奇——小型根雕制作》和论文《走在乡间小路上——根雕美术教学漫谈》都发表于《少儿美术》杂志。为此，作为乡土资源开发和非遗传承课程，我在省内外教师培训中都做过相关分享，并将根雕的"工匠精神"延伸到教书育人上来。

寻觅根材如同发现人才，好的根材可遇而不可求。中职生普遍是普高筛选下来的低分生，文化基础差，学习惰性大，成长信心不足，他们多数在初中被当作"边角料"，中考升学沦为"弃材"，像本地的树根，看起来普普通通，貌似百无一用，实质上璞玉未雕，多有良才。如这根路边捡来的木棒，其貌不扬，却可利用身上的疤结雕刻出"小高层"上许多蜗居的鸟儿，让人想起"羁鸟恋旧林，池鱼思故渊"的名句，寄托人类对大自然的留恋之情。"天生我材必有用"，中职生都有自己的禀赋特长，培养他们健康的兴趣爱好，因材施教，去发现、去发掘、去塑造，就有望人尽其才。

构思立意如同职业规划。根雕创作首先要根据根材的形态、结构、动势的总体特征，结合疤结、孔洞、肌理、色泽等局部特征展开联想，让树根在奇思妙想中复活。这个环节最为重要，要对根材上下左右、颠来倒去地反复观察，反复权衡，统筹安排，以期找到最佳造型方案。普通的作者止于做啥像啥，立意不高；高明的作者不仅能"因材施艺"，让作品形神兼备，还能做到创意独特，寓意深刻，让人过目不忘，把树根的天然优势发挥到极致。

例如，这本是一块朽木，我提起来掂量一下，感觉沉沉的，就知道它骨子里结实。去除污渍后，可以做出一立一卧的鸟，但脖子相离太近，只做一只，另一部分做成假山？不行，太一般。有一天，我突然想起魏晋时期的诗句"千年长交颈，欢爱不相忘"，顿时眼睛一亮：做成两情相悦、交颈与共之状多好！斑驳残破的外表，是风雨沧桑冲刷的结果，不加雕饰正好能表现老年人携手一生、不离不弃的深爱，礼赞永恒的爱情。

根雕创作需要敏锐的洞察力，其背后不仅要创作者具有一定的美术素养，还要储备天文地理、文艺哲学、社会自然等综合素养。思想境界高，知识素养深厚，便能出神入化，巧夺天工，发掘树根最大的艺术价值。

2500 多年前，伟大的教育家孔子就提倡有教无类、因材施教，他研究和了解学生的所长所短、优势劣势，根据教学对象的特点制定相应的教学目标，采用不同的教育方法实施教学，让颜回、冉求、宰予、卜商等各有所长，各尽其能。中职学校的教师如果没有职业初心和信念，缺少学养和经验，就容易被表象所迷惑，难以发现人才，更谈不上培养人才。所以，教师要博闻广见，以人为本，苦心经营，做学生成长的导师。

雕刻打磨如同潜心育人。根雕艺术讲究顺其自然，因材施艺术，即"七分自然，三分人工"。在创作《老伴》时，我尽量保留树根原来朴实自然的肌理特征，只在鸟的头颈部分略做雕刻和打磨，突出重点，其他地方以意象为主，让作品在浅色与深色、光滑与粗糙、具象和意象的对比中强化主题，增强艺术感染力。雕刻和打磨既要抓住重点，又要耐心和细心，匠心独具方能光彩夺目。

后进生转化绝非一日之功。学生大多在初中阶段就是各个班级里的"扶贫户"，进入中职学校后有了新目标、新起点，但悲观厌学居多，疏懒懈怠难改。因此，教师教学要放眼未来，宽容、细致、韧性、勤奋，克服一切困难帮助学生重拾理想、振作精神、培养兴趣、学习技能。静下心来教书，潜下心来育人，静待花开。

命名完善如同激励鼓舞。根雕完成后，要上光、打蜡、防腐，然后再配上合适的底座，突出主题，增强形式美感。教育的意义在于唤醒、激励和鼓舞。学生渴望获得成就，期待老师和学校的肯定。把学生的作品装裱起来，在网络、场馆等地方举办展览；在班会、校会等集体场合展示宣传、表彰先进，给学生贴上"优秀"的标签，营造积极上进的育人氛围，进一步激发兴趣，点燃热情，鼓舞意志，激励进取。

2019 级学生何露露，在文化课上表现平平，但对剪纸情有独钟。发现她这个兴趣后，我为她拍照片、办网展，引导她学创作、多投稿。三年多来，她利用课余时间做了 300 多张剪纸，花鸟虫鱼、人物风景无所不能。即使是寒冬腊月，她也不畏寒冷，一刀一剪，细致入微，双手冻坏了也顽强坚持创作。她的作品《钟南山爷爷笑了》获得合肥市中职生"文明风采"大赛一等奖和省级表彰，《抗疫有我》刊载于《合肥文艺》，《牛年剪纸》刊载于《江淮晨报》，中文核心期刊《江西教育》（职教版）也整版刊载了她的作品。我相信她一定会坚持下去，做一个剪纸非遗传人，做文化传承的使者。

匠，有工艺专长的匠人，被称为大师傅，他们做事全身心投入，精益求精，一丝不苟。当代职业技术提倡"工匠精神"，教师首先就要具有"工匠精神"，胸怀教书育人的"匠心"，以身作则，率先垂范，潜移默化地影响学生；还要把职业当作事业来做，心怀博爱，潜心研究，殚思极虑，深耕细作，成就学生的未来，为国家培养高素质建设人才。

读懂自己，做好活课程

朋友圈里，看到三中杨正霞老师转发的叶澜教授观点：教师在学生面前呈现的是其全部的人格，而不只是"专业"。不需细读便知文中写的是什么内容，随即跟上一句：人格的魅力影响学生一生，而教师就是样板。一中正高级、特级教师康宏东跟着点赞："共鸣，所谓'君子所见略同'。"

读名人语录，常产生共鸣感，一方面是杂书读多了见识多了，另一方面则是多年从教的感悟。在与名人"所见略同"以后，被印证难免有些窃喜，这种带有成就感的快乐会形成教育实践的内驱力，让人更具信心和热情去继续耕耘。

读书自然有很多好处，名人引路可走捷径。但很多时候，我们还要在多读书的同时要读一读自己，那些在成与败的事、曲与直的路上所形成的阅历便是最好的老师，是最贴近的教育资源，不可以浪费。

白岩松说："毁掉一个人的最好方式是让他追求完美。"有人不解：做完美主义者，把事情做得尽善尽美不是更好吗？"大国工匠"正是以完美的品质成就自己的事业，为什么追求完美会"毁掉一个人"呢？但在人的成长教育上，"完美"置前，会让很多人可望而不可即，因失去自信而止步不前。

我在赛课、创作和指导学生创作上都有切身体会。

中师毕业前，我就读过著名语文特级教师斯霞的文集和于漪的教学实录，因此入职以后的教学工作一直以她们为榜样，从不敢懈怠。那时教初中语文，接受过区教育小组的推门听课，自信满满，也在学校自荐上过公开课《论雷峰塔的倒掉》，感觉良好，但在参加区级语文课比赛中，因缺少赛课经验，课堂展示没有预设的精彩而悲观失落，纠结了很长时间。现在才明白，用特级教师完美的标准来要求自己，如何能做到？

30年前我在古城中学教美术时，接到县里画展的通知后，画了幅油画自画像，学生看了都说老师一定能得一等奖，这样一说倒让我反复审视起自己的画来，总感觉有诸多不完美。心想：外边的世界那么大，若是得不到一等奖，在学生面前就太丢人了，结果不敢送展了。现在回头看看那幅画，从立意到技法，就是今天参展，得个一等奖也不是问题。后来，我的作品在省市教师画展中多次获奖，才让我对自己有所认识。

1998年是我调到母校肥东师范学校刚三年，逢安徽省教育厅举办"首届中师生艺术节"，由于学校通知太过仓促，我只好利用国庆三天假期指导学生创作。人员选定，确定形式，构思立意，材料准备，开始创作。学生把做好的版画送来，大了改小，长的改方，反复印反复修改，匆匆完成任务，因画面不够完美，参展之前又想退缩，怕丢学校的脸。因为，合肥市五所师范，尤其是合肥师范、合肥幼师是"带头大哥"，人才济济，师生必然很优秀，我和学生的实力没办法跟他们比，但最终还是被领导逼着送去了，结果出人意料，拿来了合肥市唯一的一个绘画一等奖，让校领导很是兴奋。

后来在教育教学上不断取得的成功，让我逐步走出完美主义的心理误区，不求完美，参与才是王道。

所以说，追求完美常会误人。换一种思维方式，允许人犯错误，甚至鼓励人敢于犯错误，反而会让人放下思想包袱，勇往直前，在试错中成长。在教育界，很多著名特级教师都不认为自己做到了完美，他们一生都在边教、边学、边总结教训；在美术界，大师齐白石年老时还感叹自己不会画画。学无止境，没有完美，只有更美。

我花了半辈子时间，在实践中读自己，读阅历。结论是：教育需要宽容、等待，不可急功近利，不要追求完美。在自我成长和学生发展上，一定不要用完美的眼光去苛求评判，否则欲速则不达，事与愿违。

现实中，我们经常用最高的标准来要求学生，忽视了不同学生的个性、兴趣、禀赋、心理、体质等区别，用自己都无法做到的严厉要求伤害他们的自信和自尊，实在是得不偿失，误人子弟。为此我写过多篇短文，如《正视缺点就是以生为本》《用失败来告知学习的真相》等文章广而告之，提醒人们用发展的眼光来宽容学生的缺点和错误。中职生的教育是正视缺点的典型代表，在新生入学的新起点上，我们首先要重塑学生理想，鼓励他们敢说、敢讲、敢出手、敢出错，在试错中寻找正确的答案，树立自信，完善自我，走向成功。

教师阅历的沉淀是最好的课程资源，解读自己，获得真知灼见，才能引领学生健康成长。

拿着鸡毛当令箭

令箭也叫令旗。旧时军中发令所用的小旗，杆头加箭镞，也引申为号令，上司的指示。那么，鸡毛和令箭又有什么关系呢？古时传令的时候时常在信笺上插上某种动物的羽毛作为标记，数目越多表示事件越紧急。

但在工作里，"拿着鸡毛当令箭"常形容一个人凭着某上司（或某人）的一些无关痛痒或十分宽泛的话语发号施令，用骄傲的口气驱使他人，比喻玩弄权术、小题大做或是借题发挥等意思，所以"拿着鸡毛当令箭"的人不受欢迎。

近些年，某些主管部门不停地发号施令，搞"形式主义"，今天这个检查，明天那个评比，搞得校园里"鸡飞狗跳"，校长忙着开会，没时间思考办学；教师忙于应酬检查、评比，静不下心来教学。2019年全国政协会上，就有委员在减轻教师负担的提案中一针见血地指出：各类评估和检查任务严重影响了师生的教育教学活动。近年全国各地人大代表和政协委员为教师减负的呼声不断，可见"拿着鸡毛当令箭"的危害性。

但撇开"形式主义"，从责任与担当上讲，"拿着鸡毛当令箭"，想方设法把该做的事情做彻底，倒是值得提倡的。

小时候，电影《鸡毛信》给我留下的印象很深。故事说的是：抗日战争时期，华北根据地龙门村12岁的儿童团队员海娃，接受担任民兵中队长的父亲的任务，给八路军送一封有关攻打日军炮楼的鸡毛信，他装扮成放羊娃赶着一群羊携信上路，遇到敌人，急中生智把信藏在绵羊的尾巴下，逃过一劫。后被迫带路，晚上却趁鬼子熟睡取信逃跑，信一度得而复失、失而复得。故事情节跌宕起伏，最终海娃不辱使命，把信送到了八路军手里。海娃的"鸡毛"那是真的"令箭"。

海娃做事"较真"能消灭鬼子，救自己人。和平年代，讲究中庸之道的国人，做事真正较真的人不多，但在前天，我又遇到一个，为他的较真心生感慨，发了朋友圈：

今天被感动了一下。

黄四宝派一年轻人来拿宗祠肖像画，我发现一处有错要改，就让他等一个小时。

他说：那我去找裱画店。我推荐一处。一会儿工夫，他竟然跑了四个店，都说年前出不来，装裱不成。

我刮目相看。问他得知，他是江苏人，竟是一建筑公司老总，法人代表。难怪时间观念强，做事这么顶真——职业习惯。

交流中得知，他大学毕业已经工作了15年以上，平时很忙，让他等一会，他完全可以坐等，趁机休息一会，但却要去找裱画店，找到了遭拒不甘心，通过网上搜索又找了其他三家，上门问个遍。可以看出，这个年轻人因为长年在民营企业工作，做事讲时效。这种习惯的背后是诚信，说小点是把别人的事当作自己的事来办，说大点就是责任和担当。

这与我做事的风格倒颇为相似。师范毕业后被分在乡村中学，学校让我带初三"法律常识"，我没有学过，就跑合肥新华书店提一包法律类书籍回来，起早贪黑地看，临时充电，以求胜任。刚调入肥东师范学校时，学校发通知，要我指导学生参加全省绘画比赛，利用假期时间也要做好指导；为了指导学生写论文参赛，我搜肠刮肚"挤牙膏"，翻阅书籍找资料，花了一个月多时间写出来。认真必有回报，全省绘画比赛，学生获得省一等奖；论文不仅获得省一等奖，还在全国获得二等奖。当然，以上两件事我是可以推辞不干的，上有经验丰富的老教师顶着，下有大学刚毕业的新秀撑着，结果"拿着鸡毛当令箭"就那么顶真地做，意外地获得了大奖。

公办中职学校，没有升学困扰和竞争压力的美术教师，完全可以充当"撞钟"者，但我却自己说服不了自己，要肯干、认真。指导学生参加全国中职生"文明风采"摄影大赛，学校只是出个通知，没有相机自己掏钱买，反正事情要做，学生获奖也没奖金，但年复一年去干，硬是把学校变成本市一等奖的获奖"专业户"。教学、教研、写作、评比，一路忙忙碌碌。带领团队做课题研究，做课程开发，申报成果奖评比，又把自己变成了学校教科研成果的获奖"专业户"，尤其是教学成果奖，最终硬是拿了两个省级一等奖。看到首届安徽省"中华职业教育创新创业大赛"通知，网上"现学热卖"，硬是带着学生团队在全省拼进前十拿了奖。我认为，在有意义的工作上，"拿着鸡毛当令箭"是本分，该出手时就出手，如果都躺平了，学校教育质量该如何提升？

但是，现在不少年轻人缺少这种"拿着鸡毛当令箭"的责任感。我做过多年兼职教研员，也担任过多年名师工作室主持人，不是个官，但为了工作开展，为了青年教师成长，也会发布一些"鸡毛令箭"。比如，接到市局举办教师课堂教学评比通知，转发下去；工作室按计划举办某项活动，通知下去；但教师常常有令不行，县里推荐的教师去市里参赛，按说机会难得，要全力备课、磨课，但最终教学设计的框架还是变成由我敲定，细节还是由我设计，连错别字和病句都是由我来改。我常常会为某一教师的教学设计修改到凌晨，而他们自己却早就睡了。工作室的优秀文化资源课程开发项目，成员们上网动手搜搜就能找到灵感，这么简单的事都懒得做，等我出主意。离开主持人，事情干不成，其他工作室的情况基本相似。我见市里王老师工作室的公众号更新频繁，内容丰富多彩，就夸王老师徒弟带得好。哪知道她说，自己干的，每天晚上都累个半死。有令不行的原因，是青年人没有把工作室的"事"当作自己的事。

名师工作室是教育主管部门为青年教师快速成长搭建的平台，有了主持人的示范引领，还需要成员的积极行动。工作室的事，说小很小，多是鸡毛蒜皮的小事；说大也大，是有关教学、教研和自我成长、学校教育的大事。道理都是懂的，但做起来都很困难。有人说：懒惰的家长会培养勤奋的孩子。反过来，过于勤奋的家长，会培养懒惰的孩子，所以，工作室主持人既要以身作则领好头、引好路，又要让徒弟们自己去走，越走脚力越强，越走路越长，越走路越宽。新的一年各就各位，希望小伙伴们"拿着鸡毛当令箭"，把工作室的工作当成自己的工作，扎扎实实做事，稳稳健健成长。

牛，是"逼"来的

朋友圈点赞，常用"牛""牛人"来形容人的能力强，事情做得圆满。我认为，"牛"，是被"逼"出来的。

逼，是强迫的意思。做事，有他人强制性分配的任务，也有自己逼着自己干的，在双核驱动下去做，结果常出乎意料。

老黄是头"老黄牛"，教育一线的"孺子牛"，在地方教育上也做过一些"拓荒"的"牛"事。新年新起点，讲点亲历的故事，和大家吹吹"牛"，算是工作室领衔人的义务，加油领跑。

2020年，肥东县被合肥市教育局认定为"美育创新试验区（县）"，出于信任，县局德育室吴蔚芳主任把这项任务委托给我的名师工作室。既然要创新实验，就得在美育实践上有创新。接受了任务就得想着如何去干，于是我着重在两个方面下功夫：

一是在青年美术教师培养上创新模式，结合多年教研工作经验，提出"13·3创新培养方案"，明确目标，规划路径，搭建平台，安排任务，监督引导，加快青年教师成长的脚步。

二是在地方文化资源创新开发上开辟路径。从肥东包公廉政文化入手，创建德育、美育深度融合课程，如《超轻黏土——包公家宴》《套色剪纸——包公脸谱》《树叶雕刻——光盘行动》《虎虎生威莲生香——新年剪纸》等，送培送教，召开研讨会，扩大引领辐射作用。

以此为契机，我们又结合地方红色文化资源，相继开发了《艰难困苦，玉汝以成——瑶岗采风》《五星红旗迎风飘扬——国庆献礼》等课程，另外还有《泥塑——龙城故事》《古镇马头墙》等古建文化课程。

通过开发、传承和发扬民族优秀文化传统，从小培养学生文化自信，立德树人。因此，我们的活动得到了县纪检会、县教体局和县包公文化研究会等部门的大力支持，活动被《人民日报》、人民网、新华网、中国网等国家级主流媒体报道，影响颇大。

有付出就有回报，我县美育创新实践案例被市教育局授予一等奖。

我兴趣广泛，绘画、根雕、摄影、奇石都喜欢玩玩，但花在教育教学上的功夫还是最多的，专业上自知钻研不深，水平不高，所以很少参赛参展，偶有为之，也是被"逼"应酬，结果却是意外惊喜。

2016 年 6 月，县教体局安全科周传俊科长来学校，要我们师生参加安徽省公安厅、安徽省禁毒委组织的"安徽省禁毒漫画大赛"，当时学生已经放暑假，我只好自己创作一幅上报交差，也算是被"逼"的。过段时间接到通知，要我参加颁奖大会，并作为代表上台接受颁奖——原来是作品得了二等奖，是全省美术教师中的最高奖，还领了奖金。这又是被领导"逼"出来的奖。

2018 年春，安徽省美术家协会和合肥市教育局主办"安徽省第二届美术教师作品大展"。有个徒弟想参加，攒入会资格，要我帮他。被他一"逼"，我只好带着他做了一幅木刻版画《劳动者》，作品顺利入展，还被评为优秀奖（最高奖），我有幸应邀作为获奖教师代表上台发言。

最偶然的是 2017 年由合肥市委宣传部和总工会主办的"合肥市职工文化艺术节"书画展，肥东县教育工会送展当天中午，许业所主席打电话来，要我立即准备一幅画给他，下午送合肥。正好，我刚创作了一幅木刻版画《守望》，仓促中应付过去。结果得了全市绘画类唯一的一等奖，有奖杯、有证书、有奖金，还登上了市政府礼堂的主席台，那次颁奖仪式是我见过最为隆重的一次。这是被徒弟"逼"出来的奖。

一线美术教师是以教室为主阵地的，若不是被"逼"，我没有心情去参展凑热闹，也就少了这样有趣的人生阅历。可见，被"逼一逼"有时候倒不是件坏事。

教师的成长需要不断自我加压，自己"逼"自己去做。

2018 年初春，看到了安徽省教育厅发布的安徽省中等职业学校教学成果奖评比通知，我想：教了这么多年书，学生在全国和省市获奖无数，我应该有资格参加评选。问题是成果奖评比具体需要怎么做，心中没有一点底子，学校也没人做过。于是，上网搜索往届的大学、中小学成果奖评比材料，反复琢磨其命题、研究报告、成果提炼和证明材料的呈现方式，根据自己教育教学的实际情况理出思路，花了一个多月时间把材料做了出来，并完成一本《从低效中突围》的书稿。

在书稿被评为市级一等奖以后，市教育局职成处特别重视，安排了评审专家予以指导，我再一次反复修改，把题目改为《"两变一改"，建生本课堂研究》，进一步规范成果报告的书写，结果获得省级评比一等奖，在肥东县教育和合肥市美术教育上开了先河。

2020 年，安徽省教育厅、人社厅和中华职业教育社举办"首届安徽省中华职业教育创新创业大赛"，我想在"产教融合"上做点尝试，但我教的是社会文化艺术班幼教方向美术课，在创业理论和经验上完全是空白。于是，课余又"逼"着自己问"度娘"、问同行，结合树叶雕刻校本教学实际，撰写了 7000 多字的项目申报评审书，包括项目名称和实施计划的拟定，项目团队的组织与分工，项目概况和产品服务的介绍，以及社会调查和前期预测。现学现卖，在全省 50 多个项目中初赛成功入围前 20（排名 18），有机会参与决赛。决赛通知下来后，参加现场"路演"又是个新课题，我一方面上网了解情况，另一方面走访兄弟学校学习观摩，最终带领学生在决赛中闯进前十，获得二等奖。

活到老学到老，"逼一逼"自己，老黄牛能变为拓荒牛。

牛，忠诚，勤恳，执着。教师是孺子牛，服务于学生；是拓荒牛，勇于教学创新；是老黄牛，能吃苦耐劳。教育的发展呼唤"三牛精神"。

小伙伴们，感恩时代，感恩机遇，挑战自我。逼一把自己，让自己"牛"起来！

结庐桃李社区周年记

万水千山一线牵，桃李社区心相连。

圆梦路上互温暖，同谱教育新诗篇。

从前，偶尔也写写教育随笔投稿，但总不能持之以恒。自从创建网易博客以后，有"客"常来"串门"，你来我往，相互影响，就把写作坚持了下来。

我写作的内容一律源于课堂教学和思考，被博友称为"接地气"，就越写越卖力，后来博客被省里评为一等奖，又被合教网挂到"教育名博"栏目里。

那一阶段着实痴迷，夜以继日地写。

有一天，看到中国教育报刊社发布的"中国梦·教育梦"征文，我就把博文《我的博客我的家》投了过去，还得了奖。看获奖名单时，我不淡定了，因为里面有北大清华生命科学联合中心创始主任、首都医科大学校长饶毅，有中国科学院量子信息与量子科技创新研究院院长、中国科学院院士潘建伟，有"中国十大教育英才"、改革开放30年"中国教育风云人物"、民进中央常务副主席朱永新等教育和科学界的精英翘楚。征文随手一投，梦入蓝天。

中国教育报刊社是个什么来头？好奇心驱使着我沿路搜寻，发现是教育部直属单位，其麾下的中国教育新闻网还有个桃李社区，这里"入住"的都是热爱思考和写作的老师，他们撰写的一篇篇教育随笔再现着课堂教学的勃勃生机，流淌着老师们的教育热情。我被这儿的桃李芬芳和歌声嘹亮所吸引，赶忙"结庐"，茶余饭后一头扎进来，与热爱教育的全国同道朝夕相处，流连忘返。

半年以后，又得网站编辑张贵勇和庄元两位老师青睐，将我的博客推至首页"热门博客"栏目，我写作的劲头就更足了，转眼整整一周年。

这一年，闲暇总是泡在这里读美文取真经，读着、想着、写着、感受着编辑老师的温暖传递，感悟教育名师的敬业精神，汲取宝贵的教学经验，提升自己的思想境界，也通过撰文交流，释放着微弱的教育正能量。我这"拾荒者"（网名）是个手脚不闲的角色，从前总爱在乡间小路上寻寻觅觅，用画笔描绘大自然，抒发热爱生活的情怀；用相机捕光捉影，定格美好的瞬间；用刻刀激活朽根里的生命，享受创意的乐趣。但是自从被桃李网"网"住了手脚以后，发帖、转帖、回帖，把大部分业余时间都交给了阅读和写作，桃李这个热闹、温暖的大家庭"网"住了我的心，读、思、写融入了我的生命，变成了生活的组成部分。

爱做一件事，做好一件事，都意味着孤独的陪伴。教学是热闹的，研学是孤独的；社区是热闹的，心灵是孤独的。只有在孤独中才能获得宁静，只有在宁静中才有深刻的思考，只有深刻的思考才能明晰自己的目标和方向，只有明确的目标和方向才能走对自己的路。

爱做一件事，做好一件事，又不可以太孤独，不可以闭门造车。做教育更不是单打独斗的事，绝不可能一个人去战斗，因为心灵需要温暖，经验需要交流，精神需要升华，能量需要传递。于是，桃李芬芳的桃李社区——这个国家级平台，她敞开博大的胸怀接纳了我们，讲述我们风雨兼程的故事，传达一线教师的心声。

社区里的朋友们来自全国各地，虽然互不相识，但宛如兄弟姐妹，大家朝着同一个目标，带着同一个爱好，揣着同一种情怀，相互问候，相互鼓励，携手前行。

这里能让我们疲惫的心灵得以安慰，积蓄力量再出发；这里能让我们多年的感悟得到验证，坚定前进的意志；这里能让我们汲取思想精华，让灵魂得以洗涤。这里充盈着清新的空气，涤荡了漫天迷茫的雾霾；这里闪烁着智慧的灯火，照亮了我们前方的道路。

这里是教育者的乐园，山清水秀，风光旖旎，是修身养性的好去处，于是我呼朋引伴，想让更多的伙伴结庐入住，让更多的朋友前来观光，共造美好家园。

跟我上，给我上和我要上

同事李老师发来一张截图，是县教体局周局长发表在《合肥教育》上的一篇文章，编辑用我和学生的照片做配图。我把照片转给学生予以鼓励，顺便加上一句：

"上报纸、上电视、上杂志，高大上的上！"

学生小蒯回复："我全上了！"

我说："现在'跟我上'，以后'给我上'！"意思是，现在跟着我上镜（进），以后要自主上镜（进），积极进取，自强自立。

小蒯是个聪慧的学生，剪纸和树叶雕刻都做得挺好，因此上过报纸和电视，现在又有幸上了杂志，很开心。

在我读书的 20 世纪 80 年代，谁的照片能上得了报刊，那是多么骄傲的事情！虽说现在自媒体十分发达，谁都可以随时随地地编发，但能上公众媒体作为正面报道，还是令人羡慕的，很多人一辈子也没有这样的机会。

这几年，因县局宣传科对我们一线教学十分关注，学生上媒体报道的机会较多。我在将图片或视频转发给学生时，开玩笑说："好好保存，这是老师送给你们的嫁妆！"学生需要激励和鞭策。

俗话说：人无头不走，鸟无头不飞。"跟我上"，是我对工作室成员和学员提出的要求，意思是，凡事我先带头，大家要跟进。比如，做教研课题，我先做，然后大家跟着我一道做，这叫示范、引领、带动，是市教育名师工作室领衔人的责任所在，必须一马当先。

在影视剧中，"跟我上"，意思是我先上，你跟着，是解放军前线指战员的口头禅，是中国共产党勇往直前的优良传统和作风；反之，"给我上"，是你先上，我躲着，是国民党指挥官贪生怕死的写照。解放军指挥官英勇无畏、奋不顾身、冲锋在前，赢得胜利；而国民党指挥官躲在后面贪生怕死，注定了失败的结局。

在学校教科研管理工作中，领导以身作则起带头作用，工作就容易开展。近日《人民教育》刊载了江苏一位中学校长的文章《学校管理者要努力提升学术和专业影响力》，文中说："学校管理者应该成为乐队里的领唱者：他挺拔地站在队伍的前列，他既属于团队中的一员，又是团队里的一面旗帜，总是在关键的时候发出重要的声音，又时而压低自己让集体的声音更加突出，带领大家一起演奏出和谐美妙的旋律。"

当然，"跟我上"仅起示范、引领和带动作用，视而不见、引而不发、带而不动，就需要督促了，这就是"给我上"。人是有惰性的，没有鞭策就没有动力。心理学"马蝇效应"，源于美国前总统林肯的一段有趣的经历，说的是：没有马蝇叮咬，马就慢慢腾腾，走走停停，悠然自得；有马蝇叮咬，马不敢怠慢，跑得飞快。因此，在教研组织工作中，做"好"人就很难做好事，有时候要做"恶人"，要"婆婆妈妈"地唠叨、催促，否则一事无成。时代不同了，大家都各忙各的，看不到眼前利益，谁愿意没事找事？

毛泽东同志在《矛盾论》中指出，外因是变化的条件，内因是变化的根据，外因通过内因而起作用。"跟我上""给我上"是充电、加油，属于外因，具备一定的外因后，就需要内因发力。

有理想信念、有职业情怀的人，精神境界高，学习和工作当然积极主动。人民教育家于漪老师认为："教师的成长与发展关键是内心的深度觉醒，就是把日常平凡的琐碎的工作与我们党未来的事业和千家万户紧密联系在一起，这样每件事情就会有育人的非凡意义。"理解了这句话的意思，就会自觉担当，勇往直前。

一个普通的人，当工作和学习取得一定的成绩以后，自我价值得到发挥和认可，能享受其中的乐趣时，工作和学习也会变成一种自发行为，就是"我要上"了。选定了目标和方向，就要主动作为，就是"天天向上"。

自媒自娱，催人自强

我于 2010 年春注册网易博客，开始写教育随笔，2014 年至 2017 年博客又入驻中国教育新闻网首页热门博客，其间发表教育随笔 800 多篇，并精选部分内容整理出版了两册教育随笔集。后来，因网易官方停办了博客，我就注册公众号和头条，继续自媒自乐，交流辐射，在地方还产生一定的影响。

做了十多年的"自媒体人"，我是心怀感恩的，因为自媒体网络平台成就了我的职业追求，激励着我奋发图强。心理学"焦点效应"认为，是人都是以自我为中心的，爱把自己当作是一切的中心，高估了外界对自己的关注。从事自媒体创作不同于往日默默无闻的"日记"，因为有观众，免不了会带着"自我中心"的心态，积极性较高，能够主动克服惰性，自觉有所作为。

我出身农民家庭，因为乡村教育资源匮乏，读中小学时的很多愿望没有实现。1981 年考上中等师范学校后，我就想做个帮人圆梦的好老师，这是教学研究和写作的原动力，于是边学、边教、边写，成文后发自媒体。写作就像说话一样，把经历的、思考的说出来，说着说着又会出现新的灵感、新的见解，每当灵光闪现，心中便充满欣喜和激动，而写作后的修改不仅是语言文字的锤炼，也是思想的酝酿和升华。这些年，杂七杂八写了不少，文字不精，思想也不见得成熟，但在写作中一直学习不断，反思不断，丰富了知识，交流了经验，凝结了智慧，升华了境界。回望自己的文字，常常眼睛一亮——当时课堂上的应变怎会如此机智，妙！重难点的处理怎会如此巧妙，智！用词表达怎会如此贴切，准！对待学生怎会如此耐心，暖！写多了，沉淀下来的思考就转化为课堂教学经验和智慧，激励温暖着自己，引领着自己锐意前行。

于是，平时更愿意主动找资料，多阅读，与名家对话，与名师同行。随时在电子刊、公众号和微信里学习取经；处处留心观察，搜集课堂上蕴藏着的鲜活素材，将诊断课堂进行到底；注意自觉回避无意义的社交活动，少看一些冗长无聊的电视剧，为思考和写作争取更多的时间；甚至在洗脸、刷牙、散步、枕上、厕上、澡堂里都不停地思考……想写是动力，因心想而事成。即使文笔上不够熟练，写明白就好，写多了熟能生巧。

这时候的写，已经成了一种学习交流和反思总结的习惯。一个善的念头，写出来就会激励自己一直向善；一个急中生智的做法，写出来就可以应用于以后的课堂；一个对于错误的反思，写出来就可以不断提醒自己。有时候，一个想法在脑子里忽闪而过，捕捉下来，在写作的虚拟对话中就会不断完善。

写作是自我教育的方法之一。人性有弱点，也有优点，阳光健康的教育写作是祛恶扬善的好方法。我觉得，在物欲横流、人心浮躁的社会，教育者必须清醒地为自己定位，要在自我教育和激励中守住初心，自媒体写作是自我完善和自我激励的手段。

有同事说，教师的主战场在课堂，把经验记在脑子里，教好书就行了，活得那么累干啥？但我认为，好记性不如烂笔头，自媒体写作本身就是教学诊断和反思、经验梳理和归纳的重要手段，是学习交流和能量传递的有效通道，是教育经验与智慧的结晶过程，为课堂教学的左右逢源而准备。写作可能会花费一定的时间和精力，但不一定累，因为在交流中可以观赏智慧碰撞的火花，享受一吐为快的乐趣，打印一路行走的足迹，留下回望的风景。吴非先生说："既然选择做教师，那就尽可能去享受职业乐趣，有职业愉快，才算是美好人生。"我认为，做自媒体写作是信息社会平台和教育职业赐予教师课堂之外的又一精神享受，有益于健康。

叶澜教授说："一个教师写一辈子教案难以成为名师，但如果写三年反思，则有可能成为名师。"所以，有志于专业成长的教师，可以做自媒体，在公众号上发布自己的教育研究心得，聚沙成塔，集腋成裘，终将厚积薄发，事业有成。

唱"进行曲"，不唱"永"叹调

学生的"双减"让教师的工作量变成了"双加"，早出晚归，身心疲惫。累，成了很多教师口中的"永"叹调。

职业倦怠悄无声息地袭来，有人选择躺平，看云卷云舒，任花开花落——活着才是硬道理，得过且过，不想那么多。

也有一群人，他们位卑未敢忘忧国，胸怀强国教育梦，初心不改，步伐坚定地欢歌在潜心育人的道路上。

一位远方的同行说："教师如歌。"这个说法很乐观，很抒情，也很浪漫。教师是一支照亮心灯的蜡烛，是一双塑造灵魂的巧手，是一首匠心育人的赞歌，而教师又是唱歌的人，是教育大舞台上的靓丽风景。

他们担负着立德树人的神圣使命，殚思极虑，勤勤恳恳，永不言弃，也享受着教育人生的无限快乐，用男声、女声、童声、混声，低音、中音、高音忘情地唱出生命的赞歌。

有时独唱，有时对唱，有时齐唱，有时重唱，更多的时候组团小合唱，最终变成响彻云霄的精彩绝唱。

有时唱的是叙事歌曲，有时唱的是诙谐歌曲，有时唱的是怀旧歌曲，有时唱的是赞颂歌曲，歌声里洋溢着满腔的热爱，顿挫抑扬，余音绕梁。

有时唱的是通俗歌曲，有时唱的是民族歌曲，有时唱的是古典歌曲，更多的时候，唱的是现代的歌曲，歌声里充满了金色的希望，婉转高亢，荡气回肠。

他们唱《松花江上》，唱《义勇军进行曲》，唱《龙的传人》，唱《我的中国心》，唱《我爱你中国》……唱出深沉的爱国情怀。

他们唱《鲁冰花》，唱《忘忧草》，唱《有形的翅膀》，唱《少年，祖国的蓝天》，唱《毕业歌》，唱《同一首歌》……唱出对于下一代厚重的关爱。

他们唱《我们走在大路上》，唱《团结就是力量》，唱《众人划桨开大船》，唱《水手》，唱《克拉玛依之歌》……唱出勇往直前的情怀与豪迈。

他们唱《朋友别哭》，唱《青春无悔》，唱《歌声与微笑》，唱《倔强》，唱《一路顺风》，唱《童心是小鸟》……唱出乐观豁达的积极心态。

他们唱《感恩的心》，唱《情深意长》，唱《怒放的生命》，唱《甜蜜的事业》，唱《明天会更好》……唱出祖国美好的未来。

无论唱什么，无论怎么唱，他们的歌声都是创造性教育劳动的原创，汇聚成进行曲，在波涛滚滚的长江黄河上流淌，在绵延千里的万里长城上飘荡。

他们一路走着一路唱，由独唱变成重唱，由重唱变成小合唱，再由小合唱变成排山倒海、气势磅礴的"黄河大合唱"。他们在自己的歌声中汲取力量，在合唱声中传递正能量。

他们不仅自己唱，还教会孩子唱。唱《祖国和少年》，唱《最初的梦想》，唱《志在四方》，唱《让我们荡起双桨》，唱《我真的很不错》，唱《永不退缩追风少年》，唱《从头再来》，唱《飞得更高》，唱《我的未来不是梦》，唱《在希望的田野上》。少年强则中国强，他们要让孩子唱出激昂的生命颂歌，唱出祖国未来的希望。

他们披荆斩棘，风雨兼程，是教育改革的拓荒者和追梦人。

他们并非钢铁铸就，也有血肉之躯，在年复一年、日复一日陀螺般的旋转中，也会疲倦，但他们会唱一首变奏曲，放松一下身心，抖擞抖擞精神再出发；他们也许会受伤，但他们唱一首诙谐曲一笑了之，宽宏大量，豪迈的情怀一如既往。

他们绝不唱"永"叹调，因为心中有梦，追梦的脚步永远在路上——前进，前进，前进，进！

我看到，他们的心中铺满阳光，进行曲陪伴他们一步一个脚印地走向辉煌。

在那桃花盛开的地方

L 老师您好：

我们虽然远隔千山万水从未谋面，但在中国教育新闻网"桃李社区"这个大家庭，俨然已是相识已久的老朋友。

今晚，看到您在 QQ 空间里的一段话："好怀念那虽然贫穷，但却是无忧无虑的青春岁月！其实挣扎了很多年，我已经生活得平静愉快了，看自己喜欢的书，做自己喜欢的事……这段时间，我是做对了呢？还是做错了呢？今晚有些迷茫，不知谁能帮我走出迷茫。"在您的博文中不难看出，从青春的激情燃烧到中年的平静快乐，您一直以积极乐观的态度面对生活，用宽厚博爱的胸怀对待工作，您是我们学习的榜样。

我们为您骄傲，因为三十年来，在学校的大家庭里，您一直把学生当作自己的孩子，孩子们已经长大或正在长大——假如一个孩子送您一份快乐，那么您这个"妈妈"该拥有多少份快乐！

我们为您骄傲，因为在您温馨的小家里，有一个 21 岁就毕业于华东师范大学的女儿，有一个一直关心爱护、支持您工作的爱人。作为贤妻良母，您做得是那么成功！

眼下，做教师难，做女教师更难。因为女教师除了繁忙的工作，还有做不完的家务活。特别是在万众一心向"钱"看的年代，"钱不是万能，但没钱又万万不能"，人人都要养家，再淡定的人，在物价的"涨"声一片里也必须给自己施压：要挣钱。

所以，我或许明白您在困顿中的稍许"迷茫"：您作为桃李版主，除了家务、校务，忙里忙外，早晚还要忙板块文章的选择、推送和点评，花费了大量时间，换来的是一个字：累！假如，这些时间用在炒房、炒股、理财上，换来的可能是另一个字：钱。

但是，我通过您的文章，知道您热爱着学生和学校，热爱着教学和教研。您一直把职业当作事业在做，享受着教育奉献和能量传递所带来的快乐。因此，作为朋友，我想说：喜欢，就坚持下去，不要彷徨，不必迷茫。

您看，在这个美好的春天里，在桃李社区这桃花盛开的地方，我们聆听着名师们诚挚的教诲，感受着主编们真心的关注，分享着同道们思想的精华，焕发着从未泯灭的童心和热爱教育的生命激情。我们分享了教学经验，感悟了教育思想，升华了精神境界，这是多么幸运啊；我们感受着教育正能量，又用双手捧起来传递给他人，又是多么有意义。

也许，在网线的另一端，我们青灯相伴，都是孤独的苦行者，正因为如此，我们需要在前行中问路，在相聚中温暖，我们都是同路人。桃李社区是我们教育人的故乡，有属于我们自己的美丽风景。

在这里，我们一路说着笑着，走着唱着，踏着《义勇军进行曲》的节奏，做着义务却快乐的事情，这不是养心之道吗？

笑一笑十年少，心情好了身体就好。生活条件上去了，人们更注意身体的健康和保养，更在意养生活命了，我认为快乐是"排毒养颜葆青春"的良药，值得拥有。

这段时间，我看到您在工作上没日没夜的，是那么投入，很受感染，但我们年龄都不小了，也要细心照顾好自己的身体，做到既养心又养身。养生活命葆健康，只有健康了才可以做更多的事情，更好地服务于家庭和社会。

刚才，我看到您博客的"灯"还亮着，就知道您为自己的"迷茫"给出了答案。因此，我唯一要提醒您的是，生活中不可没有充足的睡眠，不可没有适当的休息和锻炼。细水长流，我们一起在路上。

预祝：节日快乐！

您的好友　拾荒者
二○一四年三月五日

我的教育梦

1985年第一个教师节，我被杨塘乡选为全乡教师代表在庆祝典礼上发言。那是我参加工作的第二年，对教育的未来充满美好的憧憬。回头看看，刚入行的青涩小伙子，拿得出的也只是满怀激情，能宣讲的也只有空洞的豪言壮语。转眼迎来了第三十个教师节，这一路坚守岗位，风雨兼程，从不敢懈怠。如今已入知命之秋，霜染鬓发，青春梦想却丝毫没有失落。

在路上，我总想把学生当伙伴，换位去思考问题，用自己在学习和成长上的感悟，来引领他们走好自己的路。

我知道自己不够聪明，但坚信勤能补拙，总想在勤奋的学习、思考、实践和反思中获取学习的真经，并传授给我的学生，让他们少走弯路，变得比我更富有知识和智慧。

我知道自己不够强壮，总想我的学生在持之以恒的体育锻炼中强健体魄，以旺盛的精力投入学习，投入到自己未来的事业中，创造最大的人生价值。

我知道自己不够合群，总想我的学生在相互尊重中相互欣赏，在集体协作中感悟团队的力量，并因此发挥自己的正能量，创造属于自己和团队的辉煌。

我知道自己不够开朗，总想我的学生心里充满阳光，热爱生活，乐观向上，笑傲人生中不见烟火的"战场"。

我知道自己不够坚强，总想我的学生披荆斩棘，勇往直前，勇于挑战自己，挑战困难，在学习上锐意进取，在工作上勇于担当。

我知道自己才疏学浅，总想我的学生都能在阅读中开阔眼界，汲取知识营养和精神食粮，在智慧的阶梯上步步向上。

我知道自己怯懦自卑，总想我的学生满怀信心，把学习和工作当作游戏，放下思想包袱，牢记游戏规则，在不断地挑战中自我升级。

我知道自己固不可彻，总想我的学生虚怀若谷，从善如流，能够听取正确的意见，接受善意的规劝，在成长中少走弯路。

我知道自己远离梦想，总想我的学生意气昂扬，在经历挫折的考验后毫不气馁，在失败的考验后不断总结经验，走向成功的彼岸。

我知道自己默默无闻，总想我的学生甘守寂寞，锲而不舍，在平凡的工作中做出不平凡的业绩，给家庭和社会带来福祉。

我知道教师和学生要心心相印、比肩同行，总想搭建心灵沟通的桥梁，让师生在愉快的交流中找到共同的语言和行动的目标。

我知道人生是个辛苦的旅程，爱护别人也是爱护自己，温暖别人也是温暖自己，总想我的学生胸怀悲天悯人之心，在人生中互相关心和照应。

我也知道自己是个有梦的人，总想我的学生人人都有自己的理想，在人生的大海上永远保持正确的航向，乘风破浪。

我也知道自己是个享受工作的人，总想用自己所感悟的快乐来点燃学生们的心灯，让他们在漫长的人生苦旅中，拥有续航的精神力量。

我知道自己是个兴趣广泛的人，也想我的学生们多才多艺，工作之余能够走进艺术的殿堂，让心灵得到最好的休憩，让生活拥有无限美丽的风光。

我对自己没有过多的奢望，但对学生却心存说不完的畅想，为此也写过几十万字的文章，那些字凝结起来只有一个希望，那就是：只要你过得比我好！

——到了那个时候，希望我的学生能发一个短信给我，让我知道：自己托起了明天的太阳。

"少年强则中国强。"学生就是我们的未来和希望，他们强了，伟大的中华民族复兴之梦才能够唱响于东方，唱响世界。

我愿"桃李"满天下

　　和教育同行聊教育是件快事。天津的网易博友齐卫珺老师读了我的文章后写了点评，后又留言，恰巧我在线，于是我们就教育感悟和写作聊了两个多小时。我觉得她的敬业精神可贵，值得欣赏和推荐。

　　做女教师难。齐卫珺老师要做家务，又兼毕业班班主任、年级组长、教研组长，可见是个大忙人，她在两难当中还抽出时间来写那么多教育随笔，足见她对于教育的虔诚和热忱。

　　我的博客是本地少数能坚持"活"下来的，所写也都是贴地而行的思考，但本地教师很少有人静下心来读一读，更谈不上写点评。远在天津的齐卫珺老师在开学第一天的繁忙后沉下心读了，还写上几百字的点评，足以让人感动。她说：

　　　品读您的文章，总会有不小的收获，这篇文章让我感同身受，我也是在上中学的时候得到一位恩师的厚爱，继而有了做教师的梦想，继而真的成为一名教师。正因为懂得一位好老师对学生的影响是深远的、重大的，才在自己的岗位上兢兢业业，力争用自己最大的付出，最真的爱去教育和影响每一个孩子，也因此成了市里的骨干，这些其实都不重要，我一向认为，名利是追求真知、真情、真爱的营养品，而不是战利品。营养品可以补给你能量，继续前行。而战利品会削弱你的斗志，阻碍你前进的脚步。感恩于人，心怀感恩，让爱接力，传递正能量！再一次感谢您的文章。

过去，网易博客为我们的相识搭建了平台，但它毕竟是个综合性交流平台，而中国教育新闻网"桃李社区"主要服务于广大教师群体，这里有著名特级教师吴非老师，有满腹才华的中国教育报编辑张贵勇、庄元老师，有笔耕不辍的青年才俊钱永华老师，有几十年坚守乡村教育的蒙翔老师，有潜心教研、硕果累累的王立文老师等，若是加入中国教育新闻网 QQ 群和论坛，朋友就更多了。物以类聚，人以群分，这是个学习交流的好地方，也是自我充电的好课堂。在这里视野可以开阔，经验可以借鉴，思想可以升华，步伐可以坚定。

齐卫珺老师从学校的骨干教师逐步成长为天津市骨干教师，无疑是个十分优秀的年轻教师，她写过百十多篇教育随笔，其文章内容充实、情真意切，我因此邀请齐卫珺老师加入桃李群体，并推荐她的文章，她爽快地答应了，立即加入，首发了两篇班主任工作随笔。

最开心的是，2014 年 9 月 2 日和 9 月 5 日，桃李官网编辑老师分别将齐卫珺老师的博文《儿子写给父亲的信》等三篇推荐于中国教育新闻网首页，这无疑是对齐老师的极大肯定，让更多的人分享她的教育智慧。

无论社会怎么功利，教育人都不可丢失自己的信仰和信心，摆脱功利主义和职业倦怠的困扰，就需要大家在"一朵云推动另一朵云，一棵树摇动另一棵树，一颗心灵感动另一颗心灵"的过程中传递温暖和力量，坚定前进的脚步，描绘教育人的风景，寻找教育人的幸福。

在我的个人成长过程中，遇到很多帮助过我的贵人。在教育思考和写作上就曾受到县教育局王家华局长、周品芳副局长等很多领导的鼓励；在教学理念上受到教育部美术课程标准课研制组负责人尹少淳、核心成员王大根、李力加等教授的教导；在课程开发上受到著名特级教师李正火、魏瑞江、朱国华、李永永、徐军等老师的启发；在专业创作上受到享受国务院特殊津贴、鲁迅版画奖获得者、著名版画家张国琳先生的指导。"授人玫瑰，手有余香"，我也应该传递能量，为青年教师成长尽绵薄之力。

桃李官方编辑"嘻嘻哈哈"老师看了我和齐卫珺老师有关写作的对话后，热心地点评说："或许我们可以在 QQ 群里请写作达人、热爱写作的老师，以微课程的形式分享教育写作方面的经验。"这是多好的倡议啊，我们期待着。

杭州那么美，都该去看看

从杭州回来，虽然杂务缠身，但夜里静下来以后，那生机勃勃的场景依然在眼前播放不停，感受很多，精力有限，就用只言片语来写一点，给自己一个交代。我无意为浙江师范大学"千课万人"教学研讨观摩会做广告，但若有广告效应倒是好事，因为值得宣传。

从此不敢妄言老——已近花甲之年的教育部基础美术课程研制组核心成员、浙江师范大学硕士生导师李力加教授，是本次大会的组织者，在我的印象中他永远是个"工作狂"，组织、演讲、听课、点评、拍照、交流、总结……台前台后、上上下下忙，因为有他的统筹策划和奔波操劳，浙江省的美术教育研究这几年做得风生水起，影响波及海内外。这次见他似乎比前些年苍老了许多，希望先生注意休息，不要太累！

粉笔、画笔走天下——晚上听台湾地区谢玲玲老师讲座时，和天津市美术特级教师魏瑞江老师坐在一起。聊天中他说自己可以一心三用：边听讲座，边画画，边聊天。果然，聊着、画着、还能记下讲座的要点——时间在他这里被掰成了三瓣。他说，从天津机场出发时，就一直画着不停，到哪儿画哪儿，总有画的对象。他用画笔在时间的缝隙里游走穿梭，记录着自己的观察与思考。这面敬业的镜子照出了我等的疏懒，感慨万分！

友谊是这样炼成的——魏瑞江老师上课时，朱国华老师热情地忙着搬东西、拍照片，不亦乐乎。他们都是尹少淳教授和李力加教授的高徒，同年出生，同年当老师，同年评特级，同台上展示课，同年出首册教学案例，也同为中国小学美术教育改革的开拓型教师。他们兢兢业业，一直活跃于小学美术教育改革的一线课堂，业界有"南朱北魏"的传说，影响了一大批青年教师。

希望在这里升起——中间这位摄像者最是有心人，他应该是带着使命而来的，课前课后不停地与专家老师交流，并用摄像机记录下课堂上每个细节。他是安徽师范大学美术学院的朱德义教授，热衷于美术教育研究，是当下安徽高校里的一位基础美术教育研究新锐。我想，过不了多久，安徽会用自己的声音来回应北京和浙江吹响的激越号角声。

宝岛传经也送宝——台湾地区三位老师的课，温情脉脉，以人为本，探究为先，无刻意修饰，无道具张扬，稳稳当当，扎扎实实，处处小而精，隐藏高大上，过程与结果相契合，润物只在无声中，引起围观是必然的。比较之下，他们松弛与沉静的教育心态，能给目前喧嚣躁动、虚张声势的教改表演一声提醒，教育应该返璞归真！向来自台湾地区的邱美惠老师、张世玚老师、谢元芷老师致敬！

能量是这样传递的——中间这人看起来衣着普通，却精神矍铄，他是教育部美术课程标准研制组负责人、首师大博士生导师尹少淳教授，是我在首师大学习培训的导师。他遇见我打招呼时，一把抓住我的手不放，热乎乎的感觉从手心传遍全身。与智者同行长智，与善者同行暖心，同伴王建学老师反应极快，赶紧用相机抓拍了这一瞬间。尹教授给我留言说："杭州一见，分外亲切。对你长期对安徽美术教育的关注、参与和探索，甚为欣赏。"——惭愧！先生如此平易近人，我若无所作为，何以面对？

"上有天堂，下有苏杭"，说的是人间美景，但此次杭州之行，我看到的是美术教育界最美的人做着最美的事，全国中小学美术教育界的朋友都该去看看。

美术教育呼唤工匠精神

读了学生的几幅精美细腻的绘画作品，其准确生动的造型、坚定流畅的线条、鲜明艳丽的色彩都是经过作者仔细观察之后，有条不紊、从容不迫地画出来的，呈现一种安静平和的心态，没有一点浮躁的气息，这类颇具"匠心"的作品让我联想到"工匠精神"这一社会热词。

"工匠精神"要通过教育从小培养，而美术教育首先要担当使命。虽说国家越来越重视艺术教育的发展，但眼下中小学的美术教育仍然处于学科边缘，学校应时宣传中虽然讲得天花乱坠，事实上华而不实的成分居多。原因是多方面的，应试教育仍占上风，造成学校和家长重视程度不够，周课时安排不足，还常被文化学科占用；循环使用教材，学生课后无书可读可温故；教材编写面面俱到，走马观花不深入；专职美术教师数量不够，素质不高；教师教学理念和教学方式陈旧老套，低效课堂普遍存在；探究过程似蜻蜓点水，学生囫囵吞枣；作业时间不够，多数难以完成；工具材料不齐，"巧妇难为无米之炊"；课后三点半转手"第三方"，变成了低效的简笔画课堂……如此种种，使得美术教育变成了走过场，急功近利、心浮气躁挫伤了学生的学习积极性。

教育部美术新课标研制组核心成员、上海师范大学硕士生导师王大根教授曾以台湾地区高雄市等地学校单元教学设计为例，介绍和推广严谨细致的"单元化"教学实施案例，但在当下美术课堂教学中根本无法实施——慢工出细活，每节美术课40分钟，教师讲课几乎花去一半的时间，学生在剩下的仓促时间里根本无法静心完成作业。我在公开课上，经常看到教师为了展示评价，把学生未完成的作业抢过来，情景十分尴尬。课后，学生作业负担过重，有时连充足的睡眠时间都难以保障，更别说做美术作业了。在这种恶性循环下，学生作业出不了精品，自己也很失落与沮丧，常常误认为是自己的能力不够、水平不高所致，慢慢失去自信，丢了兴趣，远离美术。

有人会问：在各级各类中小学生美术大赛中，那些作品不是质量很高吗？圈外人哪里知道学校内部的事。现在参赛很简单，根据主题需要，上网搜搜，头条、抖音、小红书里的优质范画比比皆是，下载下来让学生回家照抄就是，机灵一点的教师或学生也只是在别人绘画的基础上做些改动，但大部分抄得也很粗糙，没有原画精致。有的因时间仓促，干脆由老师和家长代笔，明眼人一看就明白。即使这样，很多参赛作品也是在艺术社团或是校外培训机构完成的，课堂教学作为艺术教育的主阵地在比较中黯然失色，根本发挥不了应有的教书育人作用。

多年前，《中国美术教育》曾刊载一文，介绍美国社会学家克拉克的观点：美国之所以在工业上超越老牌资本主义国家英国，与美国重视美术教育有关，美术课上的精益求精为人们未来工作作风打了底色。以我多年的美术学习、创作阅历来验证，我认为这种说法很有道理。基础教育的美术课堂要培养的不一定个个都是美术人才，个个都是创新人才，但必须培养出做事具有严谨细致、精益求精工作作风的未来建设者。

如开篇所述，有极少数学生，他们精致的表现力因兴趣浓厚而顽强地"存活"下来，慢工出细活的"匠心"需要我们关注、呵护和发扬光大。因此，我们在美术课堂上要多点远见、多点耐心，多点引导、激励和鼓舞，多留点时间让学生精雕细琢，多创造机会培养学生精益求精的作风。帮助学生从小事做起，把小事做精、做细、做大，立志成长为大国工匠，造福社会，圆我中华复兴之梦。

擦亮我们的眼睛

外出喜欢胡乱捡些石头，赏玩之余又胡乱起了些名字，自觉在微不足道的小石头上做了点可乐的事情，发出去与Q友、博友、微友共赏，赚了不少"赞"，但也自觉发得过于频繁，必定会招人厌烦，心里颇为忐忑。

于是，我在朋友圈广而告之："我喜欢发图文自娱自乐，请爱安静的朋友屏蔽我的朋友圈，免受打扰。在此谢过！"

有同事回复："加了你的微信，增长不少见识。"我问："怎见得？"他说："你的根雕、石头很有想象力，能把最普通、最常见也最让人忽视的东西变得有趣味、有意义、有价值。"有校领导说："你的文章有价值，我每篇都看。"又有学生回复："老师，我喜欢您的摄影，从不错过，哪天看不到反而感觉失落，可舍不得屏蔽。"听他们这么一说，我放心了——美术教师发点美图、写点短文是职业的习惯，发就发吧。喜欢的，送点阳光；不喜欢的，自己会屏蔽。

因此，这个习惯就保留了下来。

玩摄影也好，玩根雕也好，玩石头也好，我玩、我发图片，在传达某种想法和喜悦心情的同时，也希望自己的"雕虫小技"能够给朋友们带来审美愉悦和启发，故开开心心地玩，乐此不疲地发，我行我素，自媒体时代人人可以当主角。

但这种业余的玩法在学生学习群里反响不大，有学生说："老师，你那石头到底是什么玩意，我怎么也看不出来像什么？"学生看不出来，主要因知识面和阅历有限，对有些立意难以理解。

罗丹说："生活中不是缺少美，而是缺少发现美的眼睛。"他说的眼睛是指理解美的内心世界，发现美是因为心中有美，心中有则眼中有。艺术贵在发现，教育更是贵在发现。做教师的要善于发现学生的长处，就必须自己先具有丰富的学养和见识，在观察学生时既戴有"放大镜"，又戴有"望远镜"，做个识货的行家，敏锐地发现学生与众不同的才华，帮助学生扬长避短，做雪中送炭的教育。如果教师知识面狭隘，眼界不够开阔，境界不够高远，思想不够深刻，都会形成发现的屏障，分不清是非，就做不成发现人才的伯乐，谈不上为学生的发展指点迷津。

因此，教师的工作并不单纯，尤其是中小学教师。不能以为在大学读了点书本，拿了个毕业证就能胜任了。因为大学的课本有局限，"纸上得来终觉浅，绝知此事要躬行"，教师不仅要读书，还要学会读人、读社会，要经过长期的教育实践方能领悟教育的本真，善于变通，因材施教，这里面学问很大，一辈子也学不完。不少教师见识狭隘，在学科教学上一直自以为是，把表现不够满意的学生一律视为能力不足，目中无人，歧视学生，最终教不好书也育不了人。爱迪生因听力严重障碍而从小被当作坏学生看待，他的希腊文和拉丁文老师曾经公开骂他"长大后肯定不会成器"，想把他赶出校门——这类教师常常因短见和偏见讽刺挖苦学生，"毁"人不倦。

所以我认为，教师要博爱、博学，有博爱才有可能博学，因博学才能做到博爱，才能由内而外地练就一双善于发现的眼睛，培养更多的人才，实现"天生我材必有用"的少年梦、"不拘一格降人才"的强国梦。

千里之行始于足下

教师的成长需要名师引路。我深表赞同。

2002 年，我在全国少儿美术教育研讨会上遇到杨景芝教授和李永永老师，他们是当代少儿美术教育的先行者。杨教授让我了解少儿美术教育在人的成长发展上的作用，李永永老师的少儿版画教学给了我很大启迪。2010 年，在教育部"紧缺薄弱项目骨干教师培训"首师大国培班上遇到尹少淳教授、李力加教授、魏瑞江老师，还有黄露和段鹏两位博士，他们是美术新课程改革的研究者和先行者。尹教授让我明确了中小学美术课改的宗旨和方向，李教授让我明白了欣赏教学的要点和方法，魏老师揭示了一条名师成长之路，两位年轻的博士则用渊博的学识诠释了教育研究的价值和意义。2011 年，在"国培计划"安徽省美术骨干教师远程培训活动中，遇到王大根教授的点拨和肯定，让我在教育科研上增强了自信，坚定了意志。2015 年，在合肥市骨干教师培训基地研学活动中，我走进徐军教授的美术课堂和工作室，见证了"读万卷书，行万里路"的名师风采和成功秘诀。

感恩遇见。心理学的名人效应，泛指名人的影响力之大，名师效应的示范、引领和带动作用大体相同，名师的思想、精神和行动，对人的发展具有巨大的感召力，对人的行动具有强大的推动力。

我是 1984 年参加工作的，到 2001 年已经 17 个年头。之前，都是在阅读中与名师神交，虽有收获，但距离感很强，所受影响是有限的。过去稀缺的学习资源和窄小的学习平台限制了我们的发展，摸着石头过河自然走过不少弯路。新课程改革之后，国家对教育的高度重视，网络学习的方便快捷为青年教师成长提供了前所未有的好机遇。可惜急功近利又浮躁的社会环境让多数人不懂得珍惜，选择躺平，甘愿碌碌无为；也有部分功利者只想着投机取巧，不愿意付出心血与汗水。结果，大多美术教师从教多年仍一事无成，让人惋惜。

这次合肥市初中美术骨干教师培训基地邀请了徐军教授做题为《工艺之道》的线上讲座，信息量巨大，但不是人人都懂，所以，我想在此联系实际谈谈自己的想法，希望引起大家的重视。

徐军教授在讲座中，不仅解读了工艺的概念、种类，还结合古陶瓷、建筑、折扇等具体内容，全面解析了中国传统文化艺术中可贵的工匠精神。又联系新课程标准对工艺教学的各项要求、教学实施和策略等方面提出可行性建议，给教师教研和专业成长指明了道路。

"听君一席话，胜读十年书"。细化一下，我认为至少可以在十个方面去落实：

拥有一颗匠心。制定目标，在专业创作上和教育教学上孜孜以求，独具匠心。

成就一门手艺。专业技术一专多能，在一技之长中把握艺术精髓，传道授业。

走向一个大师。在创新艺术的学习活动中，走进大师工作室，取真经，获真传。

成为一个传人。以身作则，身体力行，做非遗传人，弘扬优秀的民族文化精神。

拓展一片空间。有效利用学校空间，创建特色美术社团，在小空间里大有作为。

创设一门课程。联系学校办学目标，做创新性校本课程开发，创建品牌课程。

深入一个课题。申报立项课题研究，获得上级教研部门的指导、支持和认可。

收获一项成果。理论联系实际，扩大社会效益，申报教研成果和教学成果奖。

成全一个学校。在教学创新实践中取得丰硕成果，为精神文明建设增添光彩。

成就一批学生。创建优质的美术教学模式，提升学生的审美能力和创造能力。

很多老师说美术课不受领导重视，美术教师在学校也没有地位，但我认为，有为则有位，美术教师有所作为，展示存在的价值，才能赢得人们的尊敬。

过去，资源匮乏让我们求学无门，难免"寻寻觅觅，冷冷清清，凄凄惨惨戚戚"。现在上级主管部门搭建了多种学习平台，邀请名师"送货上门"，这是多么幸运和幸福的事，谁还有理由拒绝？

心有灵犀一点通，成败在于行动。抓住机遇，迈开脚步，千里之行始于足下。

"装"的联想

装，是近年时尚的词，什么"装嫩""装傻"等等，带有贬义和调侃。

演员入戏那也是"装"，"装"得出神入化，达到以假乱真的程度，把观众也带入戏中。这个"装"很有意义。

《西柏坡传奇》（解放军文艺出版社）记录过一段佳话：

> 1943年6月10日，毛泽东在延安观看鲁艺创作的新歌剧《白毛女》公演，一会儿热烈鼓掌，一会儿又泪流满面。演出结束后，他走上台去同剧组人员见面并一一握手，轮到扮演黄世仁的演员时，皱了一下眉，终于没有同这名演员握手。他仍然沉浸在刚才的剧情中。这个场景成了中国人民的伟大革命领袖爱憎分明、阶级立场鲜明的有力佐证。

《人民艺术家》杂志介绍：

> 1945年，陈强在鲁迅艺术学校文工团话剧《白毛女》的演出中，把残暴的地主黄世仁演得血肉丰满，每到演出最后一幕，都要跪在台前接受观众的审判，两块膝盖硌得青一块紫一块，观众们的叫骂声、喊打声震耳欲聋。在张家口演出时，一些观众按捺不住内心的愤怒，纷纷将手中的水果往"黄世仁"头上砸，陈强右眼被砸得充血，眼睛旁边被划了道很深的伤口，甚至留下了后遗症。

可见，"装"在艺术表演上的重要性，老戏骨们深谙"装"的学问，深入角色，技术炉火纯青。

眼下，教师资格认证和考编面试，乃至职称评比考课等等，都清一色地用无生上课来考核教师教学素养。课堂上没有学生，局限性很大，但应试者心中要有学生，要在虚拟的教学情境中进入角色，演绎出"此时无生胜有生"的效果。这也是表演艺术，要入"戏"。青年 H 准备参加教师编制考试的面试，托人找我指导。我首先就要她学会"装"。

说起来容易，做起来难。对于还未入行的"准"教师来说，要克服的是心理障碍，做到"目中无人"，视考官如"学生"，居高临下，淡定自若地教学；展示过程要情绪饱满，亲切和蔼，思路清晰，语言流畅，表达准确，谈笑自若；要"心中有课"，教学过程上的导课激趣、新知探究、示范引领、作业要求、创意实践、巡视指导、展示评价、课后拓展等环节要表演得完整而又活泼生动；要"手中有器"，理念与方法、普通话与教态、版面书写与设计、信息技术运用等都要体现扎实的基本功，另外进出都要彬彬有礼，不要唐突莽撞。

试想，一帮颇有资历的专业老师，眼睛齐刷刷地盯着讲台，看着装腔作势的表演，听着培训班学来的套话，把教学演绎成小品，说起来可笑，可对于没有半点课堂教学积累的"准"教师来说，紧张是难免的。

H 虽说大学毕业已经两年，在我县一所名校做辅导员，但没正式教过书，或因做事认真，或是追求完美，或受名校学风的熏染，对自己要求很高，自我评价标准过于苛刻，把本来按"套路"表演的事情想得过于复杂，越到考前越纠结，越害怕，几近崩溃。不过，作为老教师，见得多了，清楚怎么处理，多演练几次，多发掘优点，多一些鼓励就行。最终面试结果还是挺满意的，以面试第二、总分第一的成绩顺利入编。跨过这个坎儿，以后的成长或许会轻松许多。

"装"，虽说是被逼的，但也能促人自律、自勉、自强，能让人真的进入角色，好把假的变成真的。"装"是为了不装。

这让我想起在肥东一中家长会上，有位从某大学请来的导师传道曰：不喜欢数学的人，在课前可以默念三遍"我喜欢，我喜欢，我喜欢！"用"装作喜欢"来改善学习情绪，乐意接受老师的教导。这儿用了心理学的暗示效应，是个好的学习方法。

眼看要开学了，"装"和新生入学也有很大的关系。学生在军训中不仅要着军装，还要"装"得像军人一样喊口号、练步伐，雄赳赳、气昂昂，步调一致，严守纪律。这样的"装"是要从外到内地改变学生的精神面貌、思维习惯、行为习惯。

我认为中职学校的新生，军训的时间可以再延长一点，训练的内容可以再丰富一点，比如模拟站岗放哨、模拟慰问演出、模拟救灾场景等等，让学生在责任与担当的情境体验中认识自我价值，重建自信心。

当然，仅仅靠一次军训就想彻底改变学生当然是不可能的，后续的活动课程设计还要延续，也就是在正式开课前加上一个过渡期——一个月或更长时间，开展各种有趣、有意义的活动，让学生继续"装"。这里的"装"包含两层意思，一是在学生的头脑里装进职业理想，装进学习楷模和行为规范；二是在行动设计上，根据学生学习需要提供一定的见习情境，让学生了解角色要求，扮演师傅或徒弟，寻找工作成就感，为常规教学工作的开展做好过渡。总之"装什么""怎么装"是一个值得深入研究的课题。

我们应当设计一些阳光的角色让学生去"装"，在"装"中自醒、自知、自爱、自乐、自强，在"装"中扮靓自己，成就学业。

说说"拾荒者"

云南的鲁天娥老师在桃李社区对我说:

> 前辈,您好!您想听听我对您的"拾荒者"的诠释吗?您属于文字的拾荒者,是给予平淡的我们幸福的拾荒者,从您的拾荒中,我们的文字将有它们的舞台,而我们因认可而获得精神上的自信与财富。谢谢您,一位正能量的"拾荒者",有您不计较的付出,我们将会走得很远,不止步、不停息。

因鲁老师刚入桃李社区,谦虚好学,我对她教育的热忱和灵动的文笔有过赞赏,也对她的提问做过一些解答,她心存感激才写出这样一段热情洋溢的话,但她对"拾荒者"三个字的理解与我的本意有偏差。

我喜欢根雕已经多年了,课余时间时常骑个车子在乡村和田野转悠着寻找废弃的树根,东瞅瞅、西望望,那模样和游走乡间拾破烂的人根本没有什么区别,因此也创作了不少自以为是的小型根雕作品。我在根雕创作中领悟了"化腐朽为神奇"的妙处,并由此形成了自己职教人才培养的理念。

学徒出身的松下幸之助创立了"神话般的企业"松下电器;爱逃学,连初中也没念完的黄永玉成了中国画坛巨匠;初一就放弃学业的丁俊晖在台球运动上被英国媒体称作"东方之星"。天生我材必有用,中等职业学校的学生虽然在文化学习上落后一步,但"上帝关上一扇门,必要打开一扇窗",他们也必然有自己的过人之处——能说会道者有之,能歌善舞者有之,能写会画者有之,能跑善跳者有之……我们万不可小看他们。陶行知先生说:"你的教鞭下有瓦特，你的冷眼里有牛顿，你的讥笑中有爱迪生。你别忙着把他们赶跑。你可不要等到坐火轮、点电灯、学微积分，才认识他们是你当年的小学生。"是的，这些学生被"应试教育"赶跑了，投奔我们职业学校，我们应该善待他们。如果用心发现他们的长处，在通识教育的同时引导他们走适合自己的特长发展之路，让人尽其才，那么，我们的职业教育才不辱自己的使命。

但是，职业教育的现实状况常不乐观。比如，孩子在过去学业的挣扎中饱受煎熬，陷入"习得性无助"的心态中，意志消沉、自暴自弃。家长不了解职业教育，对于职业教育的作用也是半信半疑；教师教育观念滞后，对学生的发展也缺乏信心；更有一些学校管理者，把学校当作"中转站"，学生当作临时寄存的"快件"，只要保证不出安全事故即万事大吉。由此，学校缺少长远发展的目标和规划，学校管理缺少改革和创新，课程设计不能适应学生学习需要，教师教学积极性不高，教学质量长期徘徊于低效边缘，学生发展前途渺茫。

虽然很多人都不乐观，但我认为职业教育大有作为，我根据自己的根雕创作经验，将博客命名为"拾荒者"，一方面是指自己业余的根雕爱好，另一方面更是时时提醒自己，要像根雕创作一样，重视每一个学生，发现他们的特长，因材施教，"化腐朽为神奇"，引领学生健康成长。这是项艰难的工作，我们坚定信念和意志，就能做好。在工作过程中，我总结经验如下：

哄小孩子有技巧，常把亮点找一找，放牛娃儿穿龙袍，我说朽木也可雕。
吓唬手段有不少，技术含量不太高，经常用它就失效，只能偶尔耍一遭。
诈降实为换位教，以退为进最巧妙，推出学生当主角，探究学习效率高。
骗人为着人学好，善良谎言有善报，纸上蓝图描一描，让他做人有目标。

嘻嘻哈哈装老好，宽以待人是法宝，一只眼睛闭得牢，从长计议别急躁。
笑谈书本趣味找，教学机智少不了，有声有色有味道，烧菜要会加调料。
怒火升起随风着，该燃烧时就燃烧，下山猛虎一声叫，威震片刻也有效。
骂人要把弯子绕，不见脏字见利刀，入木三分有力道，大师点穴武功高。

装潮装得要巧妙，网络语言能搞笑，处处留心找一找，代沟中间搭上桥。
疯言疯语没大小，课堂要比教堂好，开点玩笑图热闹，别把自己当老道。
卖瓜老王要广告，千方百计做促销，只要产品质量好，不怕东西卖不掉。
帽子戴上要弯腰，为让学生比我高，难得糊涂糊涂抱，顶着太阳向前跑。

死去活来路一条，塞翁失马或讨巧，赶鸭上架鸭飞高，他日也许比你好。
搅屎棍子私下找，公众场合饶一饶，回天无力不讨好，反思之后再计较。
执着自有执着好，坚定信念不动摇，疾风当中知劲草，功夫自然要下到。
缠住一个别轻饶，穷追猛打似降妖，步步跟进做周到，浪子回头我笑傲。

不折不挠做职教，心中有爱火焰高，面向全体光普照，最好一个都不少。
择优组合班代表，正面影响别小瞧，从众心理很微妙，近朱者赤班风好。
手下留情情未了，孩子现在都还小，璞玉需要用心雕，家有儿女都烦恼。
段落末了用逗号，人走高处水低跑，教书不成育人到，放眼未来靠年少。

心地善良吉星照，吃亏换得福相报，苦中寻得乐逍遥，修身养性精神好。
狠抓纪律排干扰，养成教育最重要，作业布置不能少，别让孩儿太逍遥。
手闲以后会乱挠，脚闲以后会乱跑，社团活动经常搞，有动有静有情调。
辣妹自有花枝俏，憨哥正值青春少，满园春色皆芳草，学会欣赏境界高。

惹点麻烦为他好，无所作为欠厚道，小事大作有疗效，凤凰涅槃得大超。
是非曲直不计较，人各有志路多条，愿学济癫破扇摇，和尚撞钟做不到。
生不生造校不校，师不师成教不教，职业教育刚起跑，前程似锦路途遥。
非常学校非常道，非常学生非常教，是是非非别见笑，培养人才是大道。

所以，这个"拾荒者"的意思里有我喜爱的业余爱好，也象征着我的教育理念和教育生活，鲁天娥老师当然解释不了。

班会"洗刷刷"

新学校，新学期，新目标，新起点，我该给学生开一个怎样的班会？

想把职业学校的学生教好，就得把"育人"放在首位，先育人后教书，边育人边教书。学校和教师在学生入学之初就要有目的、有计划、有步骤、有方法、有力度、有实效地对学生实施做人和做事的教育，要把他们脑子里的悲观厌学情绪"洗干净"，装入创业理想和抱负，装入发展目标和责任，装入正确的人生价值观；要通过宣传成功的、典型的事迹树立榜样，激发他们的学习热情，鼓舞他们的学习斗志；要通过执行严格的管理制度来帮助他们养成良好的学习和生活习惯，培养兢兢业业、勤劳务实的学习作风；要让学生在优良的环境熏陶下迈向人生的新征程，在学校精心的教育引导下走好未来的路。育不好人就教不好书，就教不下去书，学生当然读不好书，也学不好职业技能，未来也只能是个梦。

所以我的第一次班会就定位在"洗脑"这个规定动作上，通过带领学生观看精选的励志故事，用真人真事来感化她们，帮助她们树立人生理想，乐观向上做人，百折不挠做事。

第一个视频是《送你葱》，这是第二届《中国达人秀》节目热播的经典视频，主角是一个在上海卖菜的安徽大姐，她热爱生活，自信乐观，勤于学习，敢于创造，勇于展示自己，在《中国达人秀》的舞台上用精湛的艺术表演感动了评委，更感动了全国观众。她是平凡的劳动者的代表，用自己独特的方式追求幸福的生活。我希望学生能够进入她阳光快乐的世界，接受精神上的洗礼。

第二个视频是中央电视台首届《中国达人秀》节目中金奖获得者刘伟的

《断臂琴缘》的故事，想通过刘伟身残志坚、心怀感恩、坚守诺言、勇于挑战的动人故事，让学生明白"不怕做不到，就怕想不到"的立志成才的道理。刘伟用脚趾学弹钢琴，非常人所思，非常人所能，但他凭借顽强意志力的支撑，克服重重困难做到了，而且学琴一年就考过钢琴专业等级考试7级。他的故事具有很强的感召力，对四肢健全而意志薄弱的学生应该有极大的启发和鼓舞作用。我希望通过刘伟的故事在学生的心灵中注入精神力量，给患了"软骨病"的学生补"钙"，让他们在今后的学习生活中坚定信心，迈开脚步，走出精彩的人生之路。

第三个视频是日本残疾画家用嘴叼着画笔创作的故事。这是对上一个故事的补充。我要让学生明白，一个失去双臂的残疾人，无论脚还是嘴，都可以练出绝技来；无论是弹琴、绘画或是写字，只要有决心，都可以练出绝活。他们自立、自理、自强、自珍、自爱，他们用充满传奇的人生诠释着生命的价值和意义。

人是要有点精神的，尤其是职教学生更渴求强大的精神力量鼓舞。中考应试的失败并不代表他们一无所长，他们需要重新审视自己，重启学习热情，在各科教师的引领下发现自我，挑战自我，磨炼自我，提升自我，创造人生价值，抵达人生幸福的底站。中考的失败意味着他们身上存在着很多缺点，需要老师不断地提醒，需要自己勇敢地面对，需要自己慢慢地反思和改正。这是一个漫长的过程，不会一蹴而就，教师要宽容、耐心地引领，用榜样的力量去激励和鼓舞他们。

心理学"榜样效应"，是指具有代表性的先进人物在影响和激励人们的过程中能产生的效果。在观摩过程中，有时我们会停下来讨论，边看边交流，最后要求大家利用晚自习时间，写一篇观后感。

晚自习上，我查看了学生们的观后感，他们写作能力虽然有限，但写得具体、诚恳又动情，很多人还表达了学习的决心。

拂去心灵上的尘埃，拨动热爱生活和生命的琴弦。十年树木百年树人，后进生转变工作不可能立竿见影，要打"持久战"。我不急，想点子，慢慢来。

捡　漏

捡漏，就是很便宜的价钱买到很值钱的古玩，而且卖家往往是不知情的。这是一句古玩界的行话，形象地体现在"捡"上，因为古玩界普遍认为捡漏是可遇而不可求的行为。

闲的时候刷"头条"，喜欢观看收藏张小哥的捡漏视频。小张为人厚道，每日游走乡间，良心出价，因收藏知识渊博，"捡"了很多珍宝古玩，我也因此丰富了收藏知识。

但真正的"捡漏大仙"是我国著名文化学者、观复博物馆馆长马未都先生，"中国收藏界十大人物"，是公认的著名收藏大家，还出版鉴赏著作40多册。他做客央视节目《百家讲坛》，先后播出的收藏专集有说家具、说陶瓷、说玉器、说漆器、说杂项等52讲，主持的《观复嘟嘟》脱口秀栏目，幽默风趣的说笑里容纳了巨大的信息量，深受观众喜爱。他因为博闻强记，独具慧眼，捡漏本事出神入化，100元收的喂鸡盘子价值千万，甚至几元钱也能买进几千万的乾隆官窑，而今其身价几百亿。

有一次，马未都到国外捡漏，看上一个天价头盔，竟是"永乐皇帝"朱棣的。为了捡漏成功，他用瓷器掩盖真实意图，"顺便"低价买走头盔。回国后，估价5个亿。

没有金刚钻别揽瓷器活。古玩收藏的水很深，我不懂也不玩，仅限于偶尔做个"吃瓜群众"，围观看热闹，但对"捡漏"这件事，我是有自己的体会的，而我捡的"漏"不是古玩，是石头。

外出采风的休闲时刻，我喜欢顺着沟渠河畔转悠，为了找石头。有人说："旅游景点的石头早就被人翻了千万遍，好石头怎么也轮不到你来捡。"但我总是抱着试试看的态度，每到一处都不厌其烦地找。

功夫不负有心人，我还真能找到如意的石头，每次都能捡"漏"。

如在皖南村头捡来的这颗"种子"，石头造型饱满圆浑，石皮光滑细腻，两端大小不一，侧面自然的裂纹有张开的萌动之态，整体似巨大的蚕豆。其淡黄中略带绿灰的色彩，给人以成熟之感。我用模具手捧着放在书案上，以表珍视。

它看起来实在普通不过，所以路人视而不见，但对于一个科技工作者来讲，一粒种子改变一个世界，种子是农业之母，是粮食生产的源头，种子在国家安全上具有战略意义。已故袁隆平院士就说过："种子是农业科技的芯片。"

对于教育工作者来讲，"少年强则国强"，每个学生都是一粒未来建设人才的种子，带着我们的期待和希望，也激励着我们去关爱和培育。这样来看，其意义就不寻常了。

这方石头是在河边捡回的，看它面相完整，形体光滑圆润。在图案形态上，主体形象犹如雄狮，飘动的胡须和毛发，仿佛让人听到越过旷野的呼呼风声，增强了画面的雄壮与豪迈之感，整体造型像汉代石雕与画像石般雄浑大气，气势磅礴。在色彩上，黑底衬白突出了主体，白底再衬黑突出了主题，色调单纯而质朴。它属于长江石的一种，历经千万年的河水冲刷与打磨，加之风吹日晒的洗礼，形成厚实的包浆，看起来很养眼，散步时拿在手里把玩也很养心。

我给它起名叫"中国醒狮"，一方面赋予了文化意义，因为雄狮体魄硕大强健，肌肉发达，威风凛凛，加上它那如雷的吼声，给人一种不可一世、称霸一方的感觉，被称为"兽中之王"，是力量的象征。我国非物质文化遗产舞狮，是一门集武术、舞蹈、锣鼓于一体的综合性艺术，深受人民群众的喜爱。其中"醒狮"则属于中国狮舞中的南狮，广东湛江市遂溪县为"中国醒狮之乡"。另一方面突出它鲜明的主题，曾征服整个欧洲的拿破仑说过："中国是一头睡狮，一旦醒来将震撼世界。"以此表达对中华民族伟大复兴的向往和期待。

再看这一块，石头形态饱满结实，似菩提树的叶子，又如刚出笼的馒头，富有张力。底部平躺着枯败的菩提叶，主脉清晰，次脉交错，显得较为安静。

叶片的逼真程度，让我怀疑是不是一块来自远古的化石。在色彩上，土黄色与黄土颜色吻合，寓意鲜明；黑色的叶子仿佛印出的版画，轮廓清晰；主体在对比中得到了突出。石头整体平滑朴茂，陈年包浆更显得古色沧桑，叶子部分凹凸有致，低凹处与背景融为一体，似悄然化为泥土，预示着生命即将重生。

一花一世界，一叶一菩提。一朵花就是一个宇宙。万物渺小或者宏大，微观世界或者宏观世界，都是一个世界。一片树叶，从萌发、生长到谢落，春来夏往，秋去冬回，不过是转瞬之间，如同人短暂的一生，理当珍惜，但叶子谢落以后化为春泥，其能量为树木所吸收，转化为新的叶子，如此生命生生不息，循环往复。所以，生命是永恒的。

见微知著，一块石头，一片叶子，都可见人生哲理，都可能破解宇宙奥秘。

捡石头的"漏"让我联想到目前的一些教育现实的问题，现在很多音、体、美工作者都是因文化课不够理想而另辟蹊径，最后走上教师、画家、音乐家和设计师等工作岗位。

最近传来喜报，表妹的孩子李育聪在"安徽省第十五届运动会"青少年54公斤级拳击比赛中得了冠军，他这已经是连续两届夺冠了。记得他小升初不到半年，就因成绩差读不下去，这么小的孩子若不读书，连打工都打不了。我听说他喜欢运动，就找到合肥市体育运动学校章守干校长，让他学习拳击。送他去报到时，我指着办公室的奖牌和奖杯对他说：这就是目标，你努力也能拿到！他点点头——挺守信用的！从孩子发展的角度来说，以后可以到体育职业院校深造，发挥自己的特长；从学校方面来讲，这孩子也算个人才，学校捡了个"大漏"。

我自己从事多年美术教育工作，体会更深。肥东县中小学美术教师200多人，过去大多文化课基础不理想，预测文化课高考的"独木桥"难走，又有些美术兴趣，才被"逼上梁山"走艺考之路的。可以说，艺考捡的是文化课高考的"漏"，而这个"漏"里又不乏出类拔萃的人才。

我有个30年前的学生，读初一的时候坐不住冷板凳，常常逃课。那时候，校园外面没有什么好玩的，他就常泡在便利店里买东西吃，被班主任一抓一个准，也被校长抓过，算个"惯犯"。一般人肯定会认为他不是个好学生，但他聪明活泼，爱动脑筋，少年老成。他喜欢画画，主动申请进入美术班学习。学画过程中，我发现他训练十分投入，领悟能力很强，就勉励他做设计师，长大当"老板"，最后他顺利考上了工艺美术学校，进入室内设计专业学习。毕业后先是应聘到深圳的家装公司做设计师，获得过亚太地区室内设计大奖；然后，很快创办了自己的企业，赢得"深圳市十佳信誉装饰企业"的大奖，企业越做越大，公司和员工屡获大奖。这是美术跟着文化课后面捡的人才"大漏"。

中职学校的学生，因不喜欢或不善于读书，文化课不好掩盖了他们的才能，天资异禀者被人戴上有色眼镜过滤了。2007届有个美术班学生，出身乡村，他的观察能力极强，在明暗和色彩表达上的"分辨率"极高，与当代油画写实大师冷军有一比。让我没想到的是，他的乐感也特别好，课余时间到学校琴房玩耍，竟然能流畅地演奏出钢琴曲《献给爱丽丝》，这种无师自通的天赋真是匪夷所思。

上一届，有不少学生喜欢剪纸，其中芦月月同学做事极为耐心、仔细，韧性特好。在剪纸和树叶雕刻上，构思和创作的内容丰富繁密，制作过程有条不紊，刀刀到位，从不投机取巧，制作每一件作品时都能善始善终。有一次做团花设计，她做的就比其他同学的大四五倍，大而不空，细节精致，让我看到"大国工匠"的影子。她这个领头雁，带动了整个班级。2020年"首届安徽中华职业教育创新创业大赛"，她带队的"一叶一首诗"树叶雕刻在全省50多个项目中进入前十，获得了二等奖。虽说赛前路演训练不够，因缺乏应答经验错失了一等奖，但作品和创意赢得了所有评委和老师的一致好评。这一届还有何露露、邵文婷等同学热爱剪纸，我期待她们继续下去，做非遗传人。前几天，芦月月告诉我，她的剪纸在大学举办的"喜迎二十大"美术作品展上得了一等奖，元旦放假还要和何露露同学来看我，送剪纸给我，我就等着收藏了。

瞧，在职业教育工作中，我也在不停地"捡漏"。伟大的教育家孔子告诉我们，教育要"有教无类""因材施教"，职业教育更要善于发现学生特长加以培养，这是我们的职责和担当。擦亮我们的眼睛，善待学生，善待工作，为国家未来的建设人才铺就成功之路。

"果子酱专业户"

——聊聊"成果奖"那些事

和一位年轻的特级教师聊天，说到最近省级教学成果奖评比的事，他形象地把成果叫作"果子"，成果奖叫作"果子酱"，说我是"果子酱专业户"，这玩笑有意思。

"专业户"是 20 世纪 80 年代的热词。最早出现在《人民日报》1983 年 7 月 22 日："专业户、重点户的出现，使广大群众打开了视野，发展很快。他们从事购销、养殖、服务、长途贩运、采矿、加工等专业性生产，既充分地利用了当地资源的优势，又发挥了社员个人专长。"当时"专业户"能带起来一批人发家致富，是很被推崇的，报纸上经常大版面宣传。

一个玩笑，引发了我对"专业户"的回忆和对"果子酱"的重新审视。原合肥市美术教研员张进老师曾称美术学科为教育界的"少数民族"，因为人少。在"少数民族"中，我大约是唯一一个有幸连续三届获得四年一次省级"果子酱"的，在肥东县也是唯一，包含 2013 年"安徽省基础教育课程改革教育教学成果奖"、2018 年安徽省中等职业教育省级教学成果奖、2022 年安徽省中等职业教育省级教学成果奖。这一看，倒真像个"专业户"。

第一次是和芜湖的胡旭东老师合作，在"国培计划 2011"的安徽省初中美术骨干教师远程培训之后，编写了一本 20 万字的《对话与实践》文集，由主办方安徽广播电视大学整理为《国培计划——安徽省农村初中骨干教师"赢在课堂"远程培训项目研究与实践》申报，得了三等奖。

第二次是我自己独立撰写的 22 万字的《从低效中突围》，成果名为《"两变一改"，建生本课堂》，得了一等奖。文集改成《烛光夜话·蹲下来教书》，由团结出版社正式出版。当然，"果子酱"里不仅包含文集，还有发表的 20

多篇文章，学生在全国和省市所获得的一叠获奖证书等材料。

第三次就是最近了，又撰写了一本 16 万文字的《善美求真》，由吉林人民出版社出版，加上发表的十几篇文章（3 篇核心），获得省级一等奖论文 3 篇，市级二等成果奖 2 个，也有一叠学生各级获奖证书。这次早有"预谋"，从本校到合肥、阜阳、西藏形成点、线、面辐射，拉了团队一起干，"果子"的颜色五彩缤纷，题目是《"美育润心　德育铸魂"，以美养德培养模式实践创新》，侥幸又得了一个一等奖。这次真的很难，大家都在努力，有"沉舟侧畔千帆过"之感。

"果子酱"从"二重唱"到"独唱"，再到"小合唱"，这是个进步。进步源于已故著名特级教师李吉林老师的启发，因为品牌"果子酱"不仅要有好种子，还要有不同土壤和气候的试验田，大面积的科学实验方能检验种子的价值，瞎编乱造可不行。

说到这儿，忽然想起"教学成果"和"教学成果奖"的区别来，两个概念很容易混淆。今年夏天应邀赴滁州市教育局参加"滁州市骨干教师评比"活动时，有的老师错误地把教师指导学生获得的奖励误判为成果奖，幸亏后来他们的教科院副院长做了科普，不然会造成评分失误。那么，"教学成果"和"教学成果奖"不同在哪儿呢？我在这儿略做介绍。

教学成果指教育科研人员（包括教师、校长、教育行政管理人员）对某一教育科研课题进行研究，通过观察、调查、实验、行动研究和思维等一系列研究活动，获得具有一定学术意义或实用价值的创造性结果。成果的基本表现形式为论文、科研报告、实验报告、经验总结等。

教学成果奖是中华人民共和国教育部为了奖励取得教学成果的集体和个人，鼓励教育工作者从事教育教学研究，提高教学水平和教育质量而设立的最高级别的奖励。分为国家级、省级和市级奖，层层选拔。据说，国家级成果特等奖证书由最高领导人颁发，获得一等奖的由最高领导人接见。可见国家对此项奖励的重视程度。

打个比方，"教学成果奖"是分类、优化，且做好打包与包装的，是集成的，而教学成果只是其中的一部分，是零散的。一种优良的"果子酱"是通过择优分拣同类果子集中打包并酝酿而成，各类果子不可混杂，如苹果就是苹果，香蕉就是香蕉，不可掺和到一块儿。

"果子酱"是一个学校教育教学改革创新落地，在提质增效上取得的重大成果，是经过教育主管部门认可的学校办学成绩的最大的"亮点"。说句真话，现在还有不少学校主管领导和分管领导都不明白"果子酱"是个什么事，因此就谈不上重视了，没有学校高层的规划、引领、支持和激励，没有学校教科研部门的组织、指导和帮助，靠教师一个人单打独斗，过去还行，以后没门。

说件事证明一下：我在2018年获得的省级"果子酱"，全省排名11，被推荐到全国参加评比前，省教育厅专门开了动员会，要求校长参加，强调要全力以赴加紧打磨已有的成果上报，可见省里的重视程度。不过当时校长和分管都托词忙，没把这件事放在眼里，只派了个教科室副科长陪着去省里旁听，回来后还是"一个人的战斗"，没抓住机会。可惜，这次连机会都没有了。

眼下正在进行"教坛新星"评比，一个县200多颗星，可谓繁星闪烁，这是教师个体可望又可即的，稍做努力便可实现，所以蜂拥而上。而"果子酱"不够"亮"，是因为品质过高，要求过严，离得太远，教师个体难以企及，因此备受冷落。

事实摆在这里，申报"果子酱"是个系统工程，不是心血来潮想做就能做成的，择要来讲：

一是层层过关，门槛很高。要申报市级以上教育规划课题并完成结题，课题成果鉴定为"良好"等次以上的，并获得市级以上教科研成果二等奖及以上，得到市级教科研部门邀请专家有计划地"培育"，打磨完善，经过二次筛选才有资格申报。

二是研究成果，真实有效。成果研究的领衔人，需要长期扎实从事教育教学的学习和研究，能高瞻远瞩，把握时代脉搏，抓住当代教育的热点、痛点、难点，精准选择研究方向、确定研究目标、规划研究路径、合理组织团队，着实做好各项工作，带领团队取得丰硕的研究成果。

三是成果提炼，学问很大。成果报告的撰写是有字数限制的，命题先是个大学问，既要跟进时代、提纲挈领、言简意赅，又要画龙点睛、别树一帜。

主体分为成果简介（500字）、成果主要解决的教学问题及解决教学问题的方法（600字）、成果的创新点（600字）、成果的推广与应用（600字）四个部分，各部分要围绕焦点、重点，把大量零散、琐碎的文字资料凝练、浓缩起来，可谓一字千金，没有一定的时间保障，没有一定的酝酿过程，没有一定的教育研究和写作能力，很难完成这项任务（有条件的还要邀请高人点拨，指点迷津）。

四是成果证明，沙里淘金。成果证明材料的整理工作十分繁琐，林林总总、杂乱无章的文件、图片和影像材料等都需要有序、有重点编排，顺序如何摆放、重点如何突出、编排如何规范、版面如何美化等都得用心用力，让做出来的东西眉目清楚，亮点显著，获得专家评委的好感。这项工作也需要足够的经验积累和时间保障，新手根本无法完成。

五是"带头大哥"，任劳任怨。这个"带头大哥"不是指署名第一的人，而是指多年在实际工作中真正的一线带头人，他不仅要以身作则、示范引领、统筹规划、协调关系，还要在成果奖申报过程中具体指导、总体把握和最终审核。事实上，在一个"杂凑班子"里，每个成员都需要忙自己的工作和家务，又都没有任何经验，整个报告书的撰写、证明材料的编排、影像短片的制作等等，最终往往会落在带头人的身上，考验着他的能力、水平、细心、耐心和责任心。特别是上报省级评比，在仓促的时间里需要付出巨大的劳动，不分白天昼夜地工作也难有效完成任务。以上说的仅是"果子酱"的事，酝酿"果子酱"你还得备有优质的"果子"，"果子"从哪儿来？可以去问问果农了。

校园里有棵梨子树，好的年头，梨子树会自己从土壤里吸收丰富的营养，无须照料也硕果累累，但今年花季过后，毛毛虫疯狂祸害，造成一个梨子都没长成，让老梨树变成了"一剪梅（没）"。没有园丁管理，不劳而获，也许只能凭运气。

话说回来，在教育科研课题研究中，通过研究和实践活动获得的具有一定学术意义或实用价值的创造性结果，是要立足教育教学实际，有丰硕成果作佐证的。反过来讲，因为在学生进步中获得省市级乃至国家级奖励，并在本地区和全国范围内推广，取得大面积丰收，才能证明你的研究和实践是成功的、有创造性价值的，才有研究论文的发表等系列成果的取得，最终形成优质"果子酱"，形成自己独创的品牌，不能空口说白话。

假如在某项研究中，教师和学生连省级奖都拿不到（教育主管部门的），那就证明你的研究不成熟、不成功，也就与"果子酱"无缘了。这要反思自己研究的方向和目标对不对，研究的力度和深度够不够，天上不会掉下馅饼。

而学生每一次获奖，教师每一篇论文的获奖和发表，还有文集的出版，这类"果子"背后有多少日日夜夜的付出，是很多人看不到的。付出了又摘不到"果子"的，是因为付出不够多，不够投入，所以成不了事。过去，有的人看"人家的孩子"摘金夺银，眼红却又不服气，从不反省自己，学习取经，有所作为，反而嗤之以鼻，说长道短——什么"冒名顶替""花钱找人"之类，实在不是应有的格局和做事的态度。

所以，要"果子酱"，就要做长远规划，有目标、有组织、有领导、有策略、有节奏、有创新地进行团队作战；要选场子，备种子，育苗子，结果子，深耕细作，取得丰收之后，做成功的"果子专业户"，才有可能酝酿出优质"果子酱"。空谈只是梦，梦醒了啥也没有。

我虽然只是个普通教师，但又兼职县美术教研员和市教育名师工作室领衔人，有自己的想法，教学研究经年不断，教育写作笔耕不辍，眼界和资源也非一般教师所能比，一小瓶"果子酱"的获取绝非偶然。

我想强调的是，"果子酱"不仅仅是教师的事，更是学校各层领导的事。因为只有领导致力引领教育教学改革，长远规划学校发展目标，落实到部门管理方式的创造性改革，底层教师进行创造性的教学和研究，在这样自上而下的管理框架中才有希望做大事，做成事。

这次"酿造的果子酱"并非理想，虽心中有梦，但个人能力有限，重在参与。"老牛破车"，也"搞怂的了"（合肥方言），从此退出"果子酱江湖"。

第二章　目中有人

中职教育，先不要忙着教

全国两会期间，职业教育的高质量发展、加速培养高素质技能人才又成为人大代表和政协委员的热议话题。其中，备受关注的是加快完善职业教育体系，扩大中升本、专升本招生规模，畅通高层次人才培养通道，有人呼吁职业教育的"高考也可进清华"。

代表和委员们高瞻远瞩的战略构想固然不可少，但如果不改变眼下职业学校低效的教学现实，切实提高职业教育质量，那么大批不符合要求的学生升入本科，就很难培养出真正的"能工巧手"，更别谈"大国工匠"了，再多的构想都是空中楼阁，水中捞月。万丈高楼从地起，中职教育是高职本科教育的基础，我们就从中职教育谈起。

加速中职教育发展，首先要提质增效，具体应该落实在教育教学上，为什么先别忙着教呢？因为过去我们习惯从学生进校开始就马不停蹄地忙着教，结果怎样呢？十年磨不成一剑，教学质量一直难以提高，而原因就在于没有开好头，主要包含以下几点：

第一，学生普遍厌学倦怠。学生是普高的落榜生，在长期"后进生"的压抑中形成了厌学情绪和倦怠行为，"油盐不进"，强制性教学造成逆反心理，出力不讨好，收效甚微。

第二，学生学习动机不明。学生大部分是遵从家长意愿入学或选择专业的，不清楚自己究竟要做什么，能做什么。职业生涯规划不明确，致使学习动力不足。

第三，学生自卑心理明显。很多学生因考试的屡次挫折和失败，在初中即形成"习得性无助"心理，即对现实的无望和无可奈何的心理状态。入学后心理准备不足，不宜立即投入学习状态中。

这些状况都制约着教学质量的提高。传统观念上，我们习惯了升学应试教育主导下的师本、课本教学，而忽视了教育的主体——学生，忽视了生本、学本主导的主动学习，不调查研究，以不变应万变，结果事倍功半，不尽如人意。

万事开头难，学生入学后，具体如何做呢？我认为关键要在帮助学生积极主动地学习上做文章，主要包含：

以玩带学，丰富精神文化生活。教师要以学生为主体，降低教学难度，放慢教学节奏，改善教学方式，联系生活实际，以玩带学，培养学习情趣；学校要加强校园文化建设，通过引导学生积极参与书画、歌舞、体操、朗诵、游戏、展览等社团活动，促进交流，展示才艺，愉悦心情，陶冶情操，逐步走出中考失败的阴影，重塑阳光快乐的精神面貌。调查研究，做好职业生涯规划。学校和教师要通过问卷、谈话等方式从多个角度充分了解学生，掌握学生的兴趣爱好、心理特点、专业特长、职业愿景、学习需求等第一手资料，并进行梳理、分析和归纳，帮助学生做好职业生涯规划，因材施教。也可以在中职一年级实行选课制，开足、开齐专业课，让学生在自由的学习尝试和比较中选择发展方向，明确发展目标。

培养热情，坚定个人发展信念。学校要加强励志教育。一方面，通过张榜表扬、大会颁奖、墙报宣传等方式鼓励优秀学生，营造积极向上的校园文化氛围，形成优良校风。另一方面，通过邀请劳模或企业家举办讲座，帮助学生树立职业理想；通过邀请卓有成就的校友走进校园，介绍成长历程和感悟；还可以引领学生走进企业参观游学，现场感受劳动的价值。总之，中职生正处于价值观形成时期，可塑性很强，要不遗余力地培育他们正确的人生价值观，让他们的职业发展意志更为坚定，脚步走得更为稳健有力。

所以，中职教育不要先忙着教，而要着力做好创造性的过渡和铺垫工作，革故鼎新，深入调查研究，脚踏实地解决现实中存在的问题，才能让顶层设计落地生根，让未来高素质建设人才辈出，让美好的愿景变成现实。

改变，从生本开始

看见、听说为"视"；评价、引领为"导"，视导的意思大致如此。旁观者清，亲历者明。近期县局教研室小学教学视导工作正在进行中，走了两所学校，听了三节低年级美术课，和授课教师与学校都交流了意见。

尽管学校美术教师短缺，有的班级是兼职教师授课，但每周一节的课开起来了，这是好兆头。美术学科被边缘化已久，意识形态、评价标准、监督方式、检测手段、师资、器材、教材、授课场所等一大堆问题难以回避，想三年五载得到彻底改观是不可能的，为此只能就事论事。

从听课来看，美术教师的课前准备、课堂教学过程、作业批改都符合常规要求，教师美术教学的态度、方法、基本功都挺好的，但还存在一些问题，其中我重点想谈谈教学理念的问题。

第一，要明辨是非。课堂教学基本都是在"师本""书本"理念状态下进行的，也就是教师围绕教科书来进行教学设计与开展，基本套路是导课、授课、作业、评价、小结和拓展，这样的课目标明确，思路清晰，环节完整，操作流畅，但值得商榷的地方也多，就是无论学生懂不懂、会不会，都要像不懂、不会一样，一律先听老师花 15—20 分钟的时间来说教和示范，结果"一刀切"的教法忽略了孩子自主学习能力，限制了孩子想象与创造力发挥，也耽误了孩子宝贵的绘画时间。

模仿是人的天性，大部分孩子的创作思维难以摆脱教师示范的限制，会出现雷同现象，只有少数个性鲜明、特立独行的孩子能够大胆自我表现，画自己想画的画。因此我认为，在围绕目标的前提下，在引导上要有机动性，留空间让学生主体发挥。可能老师们担心，不教或少教，孩子会不会不懂，这是多虑了。

去年我在草庙小学支教的第一节课，曾就地取材，让学生通过小本子中央画的房屋建筑展开联想，测试孩子的表达力，让他们画上人物，来一次"说走就走的旅行"，结果有孩子一口气画了满纸，内容十分丰富。

有一个孩子在新本子上从头画，只会画"火柴人"，显得简单。从常理上说，我应该要教他怎么画人的方法了，把人物身体和四肢部分画得丰富一点，但我还是不动笔，想看看他的想象力如何，就引导他多画一些人，形成热闹的场面，结果大大出乎我的预料，他画出了操场上升旗仪式的庄严神圣的场景。幸亏当时没把眼光停留在画人的"技巧"上，否则就扼杀了他自我表达的天性。

生活是创作的源泉，读图时代的学生见多识广，他们感知、经验和情感的储存十分丰富，我们在教学中只要创造相应的情境激活"预存"，让他们根据需要自主提取出来便罢，不必担心学生心中有没有、能不能表现。我们怕学生没有掌握应有的"技法"而画不好，但这就本末倒置了，首先，儿童画本身就没什么技巧可言，成年人那些所谓"技巧"片面又狭隘，用处不大。其次"道"高于"技"，在儿童画教学中，兴趣、信心的培养为重，感知、情感的表达为上，老师常把孩子放在"不会""不能"的位置来俯瞰压抑，造成孩子的知觉、情感每每在"仰视"的怯懦中萎缩，长此以往必然会兴趣大减，信心丧失。因此，影响孩子终生发展的"兴趣""信心""情感""表达"是"道"，那些可有可无的"雕虫小技"也就微不足道了。只要孩子有了兴趣和信心，就能自主地摸索出一套办法，甚至比老师掌握的更多、运用更灵活，所以，要顺势让孩子找到"会""能""行"的感觉，做自己的老师。

第二，要刨根问底。教师根据自己设计好的教学方案领着学生向前走，学生像提线木偶一样被一路操纵，说着老师想要听的话，画着老师想要看的画，不越雷池一步，最后在老师的表扬中完美否定了自己的存在。这种教法如旅美教育学家、迈阿密大学教授黄全愈所言："人云亦云，亦步亦趋，让别人的脑袋为自己思考——没有独立思考、没有批判性思维、没有创新意识的孩子，就是被教傻了。"

举个例子：小孩画人，画出两只手是常态，但有孩子在自主作业的情况下画了六只手，她说这是在跳舞，合情合理。为了说服大人，还做出舞蹈的动作来，她把自己最想画的画出来了，形成具有四维空间的画面。这让人想起法国立体主义和未来主义画家巴塞尔·杜尚的作品《下楼梯的裸体女人》，在静止的画面上展示连续运动的过程。

无独有偶，一般孩子把人腿画成板凳腿一样的几条竖线是常态，有孩子画成曲线就让人觉得奇怪，但这孩子表达的是自己观察广场舞蹈者的独特感受——宽松裤腿上的风动、飘逸与张力，我们同样在美术大师那里找到类似的表达。如雕塑家波丘尼的作品《空间中连续性的形式》，充满速度和力量感。

在自然、生活和社会面前，成年人因自认为熟知一切而麻木，但在孩子眼里，一切都是新鲜的，那些最为生动的感觉被大师捕捉以后，往往能成就大师们独特的艺术风格。西班牙画家、雕塑家毕加索是西方现代派绘画的主要代表。他一生的艺术创作几乎涉及了所有历史上的艺术，晚年最钟情的却是儿童艺术。对于毕加索来说"每个孩子都是艺术家，问题在于你长大成人之后是否能够继续保持艺术家的灵性"。为了保持孩子的灵性，虽然毕加索14岁时画的油画就能像拉斐尔那样好，但他却"用一生的时间学习像小孩子那样画画"。

瑞士造型大师保罗·克利也是一位追求儿童画稚拙、纯朴风格的艺术家，他向儿子学习"游戏式"绘画创作，一生绘画风格多变，而儿童的纯真画风使他达到了艺术的顶峰。他认为"我的创作必须从那些最微小的东西开始，应该像一个刚出生的婴儿，对欧洲一无所知，什么也不懂"。他经常看他儿子画画，把其中奇妙的形象、符号记在脑海里，与自己的思想进行结合重组，就成为他画面中的符号。

面对低龄儿童，在大师的谦恭面前，我们的美术教师更要谦虚，要尊重儿童。

生本教育是以"一切为了学生，高度尊重学生，全面依靠学生"为核心理念，认为人的起点不是零，人与生俱来就自备其自身发展的全部资源，具有语言、思维、学习、创造的本能，因此热爱学习是学生生存发展的内在需要，潜力无限。教育者要珍惜利用和有机调动学生可贵的原生动力资源，生成持久的动力机制，促进学生能力生长。

第三，要研究教法。具体怎么做呢？"八仙过海，各显神通"，方法多得是。如，一位老师上小一班的《我们身边的线条》一课，针对低龄儿童特点，在基础知识、基本技能上做得很扎实，但恰恰忽视了学生的主观能动性，作业要求仅停留在对各种线条的"认识"与"组合"上，学生一直处于被动学习状态，缺少主观能动的表现，完成的作业也就机械呆板。

假如我们换一种思维方式，以学生为主体，先让学生随心所欲地画自己想画的画，然后再让学生对照书本上的知识，在自己的画中寻找用了哪些线，说说这些线的特点，围绕教学目标有机生成，学生作业就生动活泼了。这种教学是生本、生成的，有利于核心素养的形成和发展。

我的体会是：做生本教育，仅凭自己现有的学问是不够的，要多读书、多读画、多读儿童；要了解课改，了解美术史，了解美术教学；要深入创作体验，要进入儿童创作状态……厚积薄发，才能在教学中游刃有余。

唯有以核心素养为目标，才能致力教学方式的改变，上文也有所涉猎，不展开。

有几个问题顺便提醒一下：

第一，信息技术水平。从三位老师的课堂来看，教学课件基本上由网络下载，没能够结合学情适当取舍和灵活运用；信息技术水平也仅停留在 PPT 的播放上，学生作业展示、评价方式的新技术等不见运用，需要跟进提高。

第二，作业本的运用。通用的 16 开作业本是个老大难问题。这种小本子与课程内容的学习不配套，建议让每个学生花几块钱买一袋 8 开素描纸，能用一学期。小本子的"裹足力"太强，孩子放不开手脚。

第三，学习工具的研究。油画棒、炫彩棒、水彩笔、彩铅、记号笔等性能不同，使用效果各有千秋。教师要研究它们，引导学生合作学习，物尽其用。

第四，校园美术文化的建设。随着我县基础教育投入的不断加大，每个学校的校容校貌都焕然一新，但在校园美术文化建设上，学生参与创作的东西很少，与市里相比有很大差距，需要加强校园美术文化内涵建设。

关注边角，不留盲点

在美术教学中，一些位于教室边角的同学很容易成为教学关注的"盲点"，有失教育公平。

苏霍姆林斯基说："教师要像对待荷叶上的露珠一样，小心翼翼地保护学生的心灵。晶莹透亮的露珠是美丽可爱的，却又是十分脆弱，一不小心露珠滚落，就会破碎不复存在。学生稚嫩的心灵，就如同露珠，需要教师和家长的加倍呵护。"

学生都渴望得到教师的关爱，魏瑞江老师在示范课《我的手——写生》上的做法堪为经典。这堂课有八名同学因空间有限被安排坐在台下观课席上听课，一般教师因时间限制，难以照应到他们，但魏老师做到了"一个都不能少"，自始至终关注他们，引导他们，鼓舞他们。

对话一：暗示提醒，杜绝松懈心理

> 魏老师：由于台上座位不够，尚有八名同学被安排在台下听众席听课，他们与其他同学一样，要学习并将在后面展示作品，这样的学习方式让课堂变得更有意思。

学生坐在观课席上，很容易产生松懈心理，以为会和在座的老师一样，只管听听看看，不需参与学习活动。魏老师敏感地注意到这种心态，课前就提醒和暗示他们，所有同学在老师的心里都是平等的，虽然他们坐在观众的位置，但也同样要专心致志，积极参与学习活动。反映了魏老师对每一个同学都很关注。

对话二：细心观察，语言传达温暖

魏老师：台上的同学要侧身看，你们可以从正面观看。刚才还觉得有些对不住你们，这样一看，我心里平衡了一些。

魏老师细心地注意到台上台下学生观看大屏幕的视角不同，进一步提醒和鼓励学生：老师虽然第一次也许也是唯一一次给你们上课，但心里真的很在乎你们，你们应该珍惜更优越的学习条件，老师期待你们更精彩的表现。可见，魏老师的关注不仅仅是说说而已，而是落实在过程中。

对话三：包容肯定，发现亮点鼓励

魏老师：大家刚才看到这幅作品都笑了，连你自己也笑了，你看你的作品多有意义，能给大家带来欢乐呢！你觉得不好意思，其实你的作品不就是画得稍微有点变形了吗？但从另一个角度看，你的这种不自觉的夸张，使你的画更有一种漫画的感觉，相信以后如果你故意朝这个方向发展去画，你就会有了漫画家的潜质呢……

学生写生开始后，魏老师在巡视指导中，三次关照台下同学。先是俯下身来询问他们画得怎样，能否上台展示一下。见台下同学有些害羞，就招呼追踪拍摄的老师来到某学生跟前，拍摄投影。同学们在观看大屏幕上的习作后开心地笑了，魏老师忽略画中的缺点，而抓住高度变形、夸张的特征予以肯定，并引申到漫画创作上，这种包容缺点、发现优点的发展性评价给了害羞的孩子巨大的信心和勇气。

对话四：师生换位，智慧民主快乐

　　魏老师：你们试试，摆个最难的动作，要能难倒我，让老师画不出来，而且我给自己限定时间，一分钟画完，谁来？好，你来，你的那个难度很大，大家认同吗？你到台上来，我来画你的手！——哎哟我的妈呀，你是怎么想的（全场大笑）？

魏老师这段属于有机生成，一方面是通过学生出难题、教师挑战这一活动调节一下学习气氛，用轻松幽默的语言使学生学习得心情愉悦；另一方面是变换一种表现形式，把一个极其复杂的手快速表现出来，启迪学生的学习智慧，他从台下选择出题的学生，显然还是为了突出他们的存在感和主体地位，让学生感悟课堂的民主和快乐。

对话五：展示激励，改变学习行为

　　魏老师：你们今天是一边听课，一边学习，享受我们老师的待遇。我们现在来请这几位同学站到前面来给大家展示一下。看来一到展示的时候都不情愿啊！刚才所有展示的作品都获得了美感体验，是吧？我刚才给大家展示你的画的时候，你的真实心情如何，你说说？
　　学生：嘿，还行吧！
　　魏老师：愿不愿意让别人看到你的作品？
　　学生：愿意。
　　魏老师：所以这就是改变，很多画家把自己的作品送到美术馆让更多的人欣赏，这就是艺术家职业受人尊重的地方。

一般学生都认为"画得像"就是好画，虽然课堂上经过魏老师的多次点拨，学生的观念有所改变，但追求完美的心理又让他们在大庭广众下羞于展示和表达。为此，魏老师首先提出要求，让一个学生自己说出积极的心理感受点燃其他人，再通过艺术家办展览受人尊重的例子来鼓励学生，给学生勇气和信心。魏老师的课堂细腻温暖，充满人文关怀。

魏老师：请这位同学到前面来好不好？怎么了？如果站到前面就给200分，去不去？好，请你带个头，站过来一排，都过来。如果今天你们敢于站到前面来面对大家，明天就更无畏，如果说今天没给你带来多少知识，但是带来学习行为的改变，我觉得我就是一个不错的老师。

鸟无头不飞，见学生不愿主动走上前排展示，魏老师并没有放弃，从眼神中发现一个同学愿意出来，就直接邀请，让他带了个头，并通过加分予以激励。他通过展示活动来改变学生的学习行为，培养学生勇敢、无畏的精神品质，践行着核心素养培养目标。

魏老师：好，像自信的艺术家那样。你看这样自信吗？自信。整个把画打开，让大家都看看，不要挡着自己的脸，像照相那样大胆地面对老师，看听课老师对作品的感觉（全场掌声），你们听这掌声心情比较愉悦吧？为什么老师给掌声？因为你们作品传达了一种美感，还有你们站得那么直，传达出自己的自信，所以我们在绘画过程中，既有自己的表达，还要有自信。

八名学生全部走上前排，面向观课的老师以后，魏老师进一步提出要求，让他们昂首挺胸地自信起来，并巧妙地借听课教师的掌声，从做事到做人两个方面给予学生最大力度的激励和鼓舞，体现了魏老师诚挚的教育态度、灵活的教育智慧和教书育人思想。

对话六：解读分享，感悟真情表达

魏老师：看这幅画，有自己的形式表达。大家转过去看，大屏幕显示的效果和在纸上不一样。你为什么把这一部分涂黑？

学生：感觉好看。

魏老师：整个看起来像一个手套，这个手套涂上就更加有意义，因为黑白反差更大，那种视觉感受更强烈，我在这个手中读到反抗的感觉，这种表现真是自由。谢谢你！好的，请回。你们看，站到前面没有什么嘛，对吧。以后上课可以主动地到前面去啊。给你们每个同学奖励1000分。

魏老师在点评学生作品时毫不粗疏草率，他从绘画的表现心理、表现过程、表现形式和表达效果等几个方面对学生作品予以解读，剖析了学生绘画的心路历程，从专业的高度引领学生在绘画中我行我素、大胆表达，给了学生意外的惊喜：原来这就是绘画！这种解读和引领的背后蕴藏着魏老师作为画家在创作上的深刻体验，突出学生主体作用，发挥教师主导作用。点评结束后，魏老师通过"谢谢你""请回"这样温和、礼貌的语言来表达自己对学生的尊重，又一次体现了师生平等的教学思想。

魏老师的课堂处处充满着对学生的关爱，而针对八名同学的对话仅仅是整堂课的一小部分，他对坐在台上的所有同学都有关注，以最后一排右边角的同学为例。

魏老师：你感觉画得怎么样啊？

学生：画得不太好。

魏老师：这是一开始画的握拳，然后你觉得不自信了，因为没有把握握拳的特征，你就放弃了，是不是？然后你凭着记忆，画一个姿势张开的手，是不是？结果这个也不太好，然后你接着画这个，最觉着哪儿不好？

学生：线条不太好。

魏老师：噢，我现在给你肯定的是，你画的线条很美，有自己的特征。事实上你的造型上有点不准确，你就认为是错误，阻碍了你的继续。我认为你这几条线画得很放松，是根据你的观察画的，而且笔尖还做了转动，说明你在绘画过程中完全有绘画意识，所以通过分析你这样的作品，给其他同学一些启发。我相信你在画第二只手的时候，一定会比这个好。因为线条不是问题，而最大的问题你觉着是什么？

学生：画好。

魏老师：你因为总想画好，影响了你的心情。在画画的过程当中，好是一种美，当我们没有达到客体要求时，它会传递另外一种美，明白吗？

魏老师在观察与对话中，首先，通过"线条很美"肯定学生作品的主要优点，通过"笔尖还做了转动"，在方法上肯定学生是"根据观察画的""完全有绘画意识"，说明了学生具备画好画的素养；其次，帮助学生分析了感觉"画不好"的真正原因在于造型不够准确，在于"总想画好"影响了心情，帮助学生解除心理负担；最后启发学生"好是一种美"，不准确不代表没有美。这样由表及里、细致入微的指导让学生找到了自信，悟出了学习方法，走出了学习困境。

成都师范学院陈实教授这样评价魏老师的课："魏老师在课堂上时刻关注着孩子，学生的每一个细小的语言和动作都能被魏老师发现，并能给予及时的建议和指导，不限于美术技法，还能体现全面地育人。魏老师的课可以用这么两个词来描述，那就是'顺势而导，育人无痕'……他无时无刻不在用心，无时无刻不在育人，无时无刻不在传播美术文化。整个课堂有着浓厚的育人氛围和艺术气场。"

比较来看，我们的课堂还存在很多问题需要改进：观念有待更新，热情有待升温，素养有待提高，方法有待完善。我们要关注每一个学生的发展，做到百分百地清除教学盲点，不让任何一个学生被遗忘在爱的角落。

我是谁？要到哪儿去？

——对中职生职业生涯规划的思考

在微信朋友圈记事已成习惯，随时随地记录所见、所闻、所感、所思，方便快捷，颗粒归仓为教育思考和美术创作积累素材，一举多得。

今年 8 月 28 日，路遇军训的新生，有段对话记录：

问：入新校，有新鲜感吗？答：没有（嬉笑）！

问：哪个学校毕业的？答：六中。

问：美术谁教的？答：马老师。

问：喜欢吗？答：一般。

问：上职校有啥想法？答：考体育。

我：有目标就有希望，老师会重视你们的！

排队做核酸检测，后边又是几个男生。

问：哪个学校毕业的？答：三中。

问：最喜欢什么？答：打篮球。

看来，男生都很喜欢体育。但愿，以后三年的体育课不会让他们失望。

中职学校在通识和专业技术教学之余，社团建设是发现和培养学生特长的重要平台和空间，绝不能搭空架、走过场！

因惦记着新生的职业生涯规划，9 月 6 日又一次记录：

下班打卡，遇俩新生吃外卖。

走近瞅瞅，两袋都是炸鸡腿，故意说："哇，好吃！"

一生递我，"你也吃一个。""哈，谢谢！你们吃。"

四目相对，我看到一双善良的眼睛，一张幼稚单纯的脸，感觉还是个很小的孩子。

问："刚买的吗？"

答："我姐姐送来的。"

我说："你姐姐对你真好！学什么专业的？"答："不知道。"

我诧异："这怎么可能！"答："我爸爸帮我报的。"

他的小伙伴补充道："我们学体育。"

他对我这个陌生老头如此热情和坦诚，颇让我感动，却不知如何善待他。

唯有送他一句听腻了的话："好好干啊！"

无巧不成书。遇到三拨学生，竟然都是学体育的。是体育专业热门？答案恐怕没有这么简单。原因大约是：有专长爱好，学生真正热爱体育，比如篮球打得好；为了健康，身体是革命的本钱，在前途不明、不懂如何选择专业的情况下，选个体育至少可以强身健体；随大流，看同学选了，自己也就跟上选一个；最后是家长意愿，这里面盲目性比较大。

职业生涯规划是人生第一大事，选错了目标，走错了方向，就会偏离可持续发展的轨道，离幸福越去越远，如同女孩子嫁错了人。其实，全国各地职业院校的教师在这方面做过不少调查，举两个例子：

《教育与职业》杂志刊有《中职生学习动机调查》一文，作者对北京市民族文化职业学校中 20 个教学班的 490 名新生进行调研，结果只有 183 名学生喜欢自己的专业，占 37%；307 名学生目标不明确，缺乏学习动机，占 63%。

《现代职业教育》杂志刊有《中职学生学习能力现状调查分析及对策研究》一文，作者通过对 234 名学生进行问卷调查，发现 43% 的学生是家长安排就读中职学校的，54%的学生应家长的要求而选择现学专业，只有23%的学生带有明确的专业目标。

各地、各校情况有所不同，但学习动机不明的学生所占比例是很大的。我对上一届所授课的社会文化艺术班（学前教育方向）学生在从业方向上有过"举手表决"，有40%以上的学生没打算未来从事幼教工作，说明她们入学的目标根本不明确。

今年3月，我在中国教育新闻网"蒲公英评论"里曾发《中职教育，先不要忙着教》一文，提出过自己的看法：

> 要调查研究，做好职业生涯规划。学校和教师要通过问卷、谈话等方式从多个角度充分了解学生，掌握学生的兴趣爱好、心理特点、专业特长、职业愿景、学习需求等第一手资料，并进行梳理、分析和归纳，便于帮助学生做好职业生涯规划，因材施教。也可以在中职一年级实行选课制度，开足、开齐专业课，让学生在学习尝试和比较中选择发展方向，明确发展目标。

调查之后还要研究，要制定对策，要创造条件和机会帮学生合理规划。这是很多职业学校的短板，要引起高度重视，但现实是冷酷的，大多数学校管理者早已习惯了基础教育选拔式的操作方法，让学生挑挑拣拣会带来很多麻烦，多一事不如少一事，按部就班省心又省事——学生不学是他的事，学校和老师都可以一推了之，这是不负责任的态度。

如果学生觉悟了或是因学习原专业不适，想调换专业和班级怎么办？答案是明显的：

其一，学校办学要尽职尽责。中职学校的办学目标就是培养专业技术人才，要尊重学生意愿，满足学生的学业需求，克服一切困难积极配合学生进行调换，不要推三阻四，误了学生前程。

其二，教育需要人性化管理。以学生为中心是当代教育理念（去年安徽省职业与成人学会研讨会的重要议题），这不仅是对教学提出的要求，也是对教育管理提出的要求，服务要温暖，给学生新的希望。

早在 2010 年教育部就依据《中华人民共和国教育法》《中华人民共和国职业教育法》及其他相关法律法规，制定了《中等职业学校学生学籍管理办法》，有关学生转专业的规定表述如下：

第十六条有下列情况之一，经学校批准，可以转专业：

1. 学生确有某一方面特长或兴趣爱好，转专业后有利于学生就业或长远发展；

2. 学生有某一方面生理缺陷或患有某种疾病，经县级及以上医院证明，不宜在原专业学习，可以转入本校其他专业学习；

3. 学生留级或休学，复学时原专业已停止招生，已经享受免学费政策的涉农专业学生原则上不得转入其他专业，特殊情况应当经省级教育行政部门批准；

跨专业大类转专业，原则上在一年级第一学期结束前办理；同一专业大类转专业原则上在二年级第一学期结束前办理；毕业年级学生不得转专业。

针对这个规定，学校有必要在学生入学后的前半学期，就要给学生和家长宣传教育部相关政策，让他们知晓转专业的具体规定，并通过集中培训、班主任指导和专业教师引导等方式让学生逐步明确自己想干什么、能干什么，帮助学生做好科学合理的职业生涯规划，在一年级第一学期结束前完成转专业的申报和办理。

高中生的职业生涯规划可以在高中毕业完成，按说中职生的职业生涯规划要在九年制义务教育结束后完成。众所周知，由于教育的局限，十五六岁的学生眼界十分狭隘，社会阅历肤浅，根本不知道自己将来要干什么、能干什么，指望他们自己来规划职业生涯，基本上是不现实的。初级中学教师关注点在学生学业成绩上，在这一方面基本没有研究；指望家长也不现实，因为很多家庭都生活于社会底层，他们自身有限的文化程度和眼界就限制了他们的思维，很难跟上时代发展做到深谋远虑。

因此中职学校必须要有担当，否则，谈教育质量提升就是句空话。

在最近的美术课堂上，我对没有完成作业的学生说："晚自习时间可以接着完成。"

学生回答："晚自习都很忙。"

问："忙什么？"

学生回答："玩手机。"

问："其他学科没有作业吗？"

学生回答："早读堂做。"

另一学生说："早读就像晚自习，鸦雀无声，大家赶着做作业交差；晚自习就像早读，大家各说各的，各玩各的，热闹非凡。"

我没有到现场实际调查，但我信。因为，平时在路上遇到的学生，十有七八是捧玩手机的，不见有捧书本的。大家早已习以为常，司空见惯，不去干预。

课堂怎么样呢？并不乐观。学生不感兴趣，你怎么教都是徒劳。

我曾问一位学生："你怎么不做作业？"

学生白眼："为什么要做？"

我反问："那你来学校是干什么的？"

学生理直气壮地说："是我妈让我来的，又不是我要来的。"

学生说的也有道理呀。面对目无尊长、各行其是的学生，教师毫无尊严感和职业成就感。一位兼课的校级领导曾吐槽："真想逃离课堂。"而另一位分管教务的中层领导说："一节课40分钟，如果能花10分钟搞好组织教学，也算万幸。"纪律管理上我想过很多办法，虽然有时颇能见效，但用上浑身解数也只起个"头疼医头，脚疼医脚"的作用，难除病根。

学生目标明确，勤学苦练方能大有可为，这需要学校和教师有所作为。有效提高中等职业学校教育质量的前提是，帮助学生做好职业生涯规划，激活学生的职业梦想，激发学生的青春活力和学习内驱力。

眼下，学校和教师依然在不断重复着昨天的故事，出力不讨好。值得思考的是：我们的初心是什么？面对学生、家庭和社会，我们还该准备些什么？还该做好些什么？

让学生多点自助，少点自弃

——读蒙台梭利《孩子的内心世界》有感

　　玛利娅·蒙台梭利是意大利幼儿教育家、第一位女医生、第一位女医学博士、女权主义者、蒙台梭利教育法的创始人。她的教育方法源自其在儿童工作过程中，所观察到的儿童自发性学习行为总结而成。倡导学校应为儿童量身定做专属环境，并提出了吸收性心智、敏感期等概念。

　　蒙台梭利在《孩子的内心世界》一文中强调："成人在孩子发展的道路上所设下的难关，不但难以计数，而且极具伤害力。"成人以道德或是科学为名，强加的种种违背孩子意愿的"关心""爱护""发展"，造成强者与弱者的对立与冲突，让孩子一直处于被压抑状态，破坏了孩子成长的原生态环境。我们的意愿是要让孩子"健康成长"，但我们又不去研究孩子的兴趣、爱好和心理发展规律，被考学的急功近利所裹挟，总想着揠苗助长，结果事与愿违。

　　儿童的成长固然需要成年人的引导与帮助，但更多的时候是顺其自然的"自助"发展，自助的动力源于成长的天性和环境的影响，我们成年人只要回顾一下自己的成长历程便能理解。小学二年级的时候，我就在母亲给我做的黄书包上，用红线绣上"为人民服务"五个字，虽然做得很困难，手被刺破无数次，但还是努力做到了。为什么这么做呢？想来原因有以下几个方面：一是对美有自己的感受，爱美；二是崇拜军人，见过解放军的背包上有；三是亲眼见过姐姐绣枕头花，学会了刺绣的步骤和方法。这是自觉的行为，并非大人强加的任务，所以不畏难、不怕疼，很卖力。

　　反之，儿童意愿长期被压制，便会产生自卑，继而滋生害羞、说谎、自弃、破坏等抗争行为，于是被成年人斥之为"不听话""不懂事""不争气""坏孩子"，事实上孩子所谓的"坏"，责任在于成人，但成人又很少去反思，反而把责任抛给孩子，稍有不如意便斥责甚至打骂。蒙台梭利说："教育问题的根本解决，第一步不应该是针对儿童，而应针对成人教育者。教育者必须要理清自己的观念，摒弃一切偏见，最后还必须改变其道德态度。"我认为，"观念"是指以孩子发展为中心的人本教育观，"偏见"是指以几门功课的考分论成败的评价标准，"道德"是要我们尊重孩子并给予他们平等的权利，"态度"应该指在教育孩子的过程中始终保持宽容和耐心。总之，无论是教师或是父母，对待孩子的教育，要有敬畏之心，要时常检讨自己，不可随心所欲，自以为是，盲目自大。

蒙台梭利接着说："接下来就是准备一个有利于孩子生活的环境，一个无阻碍的学习空间。环境的设计要符合孩子的要求。让孩子一步步得到必要的解放，使其得以克服一切困难，并开始先露出他的非凡性格。"在宽松、自由、充满生机的环境中，孩子的发展获得了自由和解放，拥有了一定的选择权利，成长的动力源源不断，便能实现"自助"发展，真正走上自我、自觉成长的快车道。所以，很多艺术天才是自学成才的，他们并不拥有高学历，如齐白石、黄永玉等大师。当然，宽松、自由并不意味着不管，管什么、如何管、管到什么程度是学问、是科学、是艺术，需要教育者长期的实践经验积累。

可惜，在我的观察中，很多家长和老师并不在意，他们说话人云亦云，做事千篇一律，缺少理论知识的学习和优秀经验的借鉴，缺少在生活和学习中对孩子的观察和了解，更缺少自我反思。在教育孩子上凡遇到挫折，从不归因自己，这是很危险的事情。蒙台梭利说：孩子的内在存在着一股鲜活的精神力量，精神力量的发挥需要内在心理发展与外在身体的成长协同平衡地进行，而且他们会自己寻找平衡点来帮助自己；但成人过分地干预便是在孩子人格自我建构途中设立了障碍，破坏了平衡，结果让孩子"变得什么都不会做，变得疑惑，变得叛逆；是成人剥夺了孩子旺盛的精力，粉碎了孩子独特的个性"。的确，我从教 38 年来，见过无数强势的家长和他们膝下胆小怕事、叛逆抗争的孩子；见过无数强势的教师和他们教鞭下唯唯诺诺、毫无自尊的学生；见过在应试教育的高压困扰中，无数失去了兴趣爱好和想象创造，沦落"弃才"而选择中职学校的学生。

　　我们知道，小孩子从小都是喜欢绘画的，他们将绘画作为一种语言表达工具与外界交流和沟通，但随着年龄的增长、年级的升高，他们的绘画兴趣反而慢慢地淡化了，成人的无理干预是原因之一。很多家长不懂，却爱指手画脚；很多教师不懂，也爱说三道四，他们用成人的眼光去评判儿童画，错误的干扰损害了孩子的积极性，结果好心办了坏事。眼下，真正做教育研究的教师不多，做教育研究的美术教师更少。这里的教育研究不是指单纯的教学技术性研究，而是针对人的发展的研究，并非指某学段、某课程内容上的雕虫小技研究。

　　所以，我们要了解学生的内心世界，有机运用心理学知识，创造良好的课堂氛围，帮助学生掌握好各个时期发展的平衡点，创造条件给学生"自助"学习的机会，让他们找到学习成就感，焕发精神力量，实现自我发展。

表象后面有真相

有一幅儿童画很有意思，是风景画，有天、有地、有房子；是风情画，有人、有物、有故事，满满的天真和童趣。

房子像人，有高有矮，有圆有方，有胖有瘦，有眉有眼有表情；太阳、月亮、小鸟、蜜蜂，还有那些看不明白的"怪物"也像人，它们无论做着什么，都开心得很，绝不是冷血的。太阳和月亮、太阳和大地，房子与房子、小鸟与房子，动物和人物、人物和观众，等等，相互之间都眉目传情，遥相呼应，这是看得见的。虽然他们说着什么我们听不见，想些什么我们还不完全能猜透，但是做着什么我们能看明白，能感觉到这个世界是热闹的、生机勃勃的。

居于画面核心位置的房子心情是愉快的，窗口站着的小人虽然画得极其简洁，但他张开双臂，拥抱整个世界的激情已经足够打动人了，再画什么就是多余；左边一只巨大的小鸟微笑着张开嘴，像是和人打着招呼，亲切得很；右下方有一只大公鸡，昂首挺胸，神气十足，"喔喔"地放声高唱。周围的小鸟、小蜜蜂、小蜻蜓们自由地飞舞着，在舞台上展示自己的才艺，各显神通，要赢得观众的喝彩。可以说，天上歌舞升平，祥和欢乐。

地上的情景就大不相同了。左边有一人正面对长蛇和蜈蚣一样的怪物，手里拿着"武器"，头上还戴着王冠示强，但睁大的双眼与拉长的嘴角，还是暴露出惊惧与恐慌的心理。右边简直就是一场战争了，坦克和导弹也上了场，是否在人的指挥下要和怪物们恶战一场？或是来拯救被围困的人呢？只有孩子自己明白——这地上绝不是太平的。

天上、地下的情境反差为什么这样巨大呢？可能真实地反映了孩子在生活中的矛盾心理。一方面，无忧无虑地玩、无拘无束地玩是天性、是快乐，玩便是天；另一方面，玩的自由又是受安全、纪律的约束，让人心情厌烦和不满，需要发泄一下。或是，电影、电视、游戏看多了，暴力的影像沉淀在孩子的记忆里，与生活产生化学反应，使孩子在绘画时处于跟着感觉走的状态，画所知而非完全画所见，画面上有太阳、有月亮、有星星的"满汉全席"就不足为怪了。"儿童绘画是儿童心灵的自然流露"，主观表达正是孩子绘画的可爱和可贵之处，给西方现代美术大师很多启迪。

如马蒂斯、杜飞、夏加尔，尤其是克利、米罗和杜布菲等。康定斯基认为儿童艺术是对事物内在本质的直觉表现，他说："儿童除了描摹外观的能力之外，还有力量使永久的内在真理处在它最能有力地得以表现的形式……儿童有一种巨大的无意识力量，它在此表达自身，并且使儿童的作品达到与成人一样高（甚至更高）的水平。"而毕加索说得最直接：我早期学习拉斐尔，却终生学习儿童画。

写到这里，似乎给小孩子的画戴了顶高高的帽子，事实上儿童绘画是儿童语言交流的方式之一，是感情的真实表达，如果孩子们愿意表达，敢于表达，大体上都能画出丰富的内容，但是受成人世界的干预，很多孩子是胆怯的，有话不敢说的。父母或老师过于强势，孩子在弱势中往往惯于唯唯诺诺或是沉默寡言。对于绘画，外行家长的眼光、外行老师的眼光、外行学长和玩伴的眼光等都在用表面的"像与不像"错误评价，五花八门的"成人造"假儿童绘画教材推波助澜，学校似是而非的儿童作品展览盲目导向，加上"撞钟"美术教师的简笔画的错误引领，在不良的教育环境熏陶下，孩子们无法做出正确的选择，只得人云亦云，说不出真话、画不出真情实感也就不奇怪了，所以，一般儿童画的画离真相十分遥远。例如，在最近本地"党是阳光我是苗"少儿书画评选中，我看到很多幼儿园送报的儿童画根本没有儿童味，明显是成人代笔。从整个社会来看，儿童学画的生态环境早已被破坏了，教育部美术课程标准研制组核心成员、浙江师范大学硕士生导师李力加教授为此多次呼吁，但国家太大，积重难返，呼吁也只停留在呼吁罢了。

很多成年人并不知道这种不良环境对孩子产生的负面影响。有孩子最初学画时总是说自己不会画，不敢动笔，还倔得很。老师对他的心理颇为了解：

一方面出于强烈的自尊想画好，获得成就感；另一方面眼高手低，画不出成年人要求的那样完美和成熟，自暴自弃。所以老师总是不断地鼓励他"画出的就是好画作，没有对错之分"，大胆动笔，随心所欲，终于让他走出自己的自卑，越画越多，越画越真，越画越好。

当然，成年人涂抹在小孩子白纸般的心灵上的自卑阴影很难轻易擦除。画完以后照相时，小作者哭笑不得的表情颇为尴尬。按说，老师认为他画得好，要单独为他拍照，这是多么荣幸和自豪的事情，应该很开心才对，但他心底里那种求全和自卑感又跑出来作怪，笑得也就十分勉强，甚至像哭。而旁边的孩子一贯表现得自信，还做过他的"师傅"，调皮而又淡定地伸过头来观察他的表情，这样的对比很有戏剧性，有趣得很。

从这一角度来说，孩子表象与内心世界的真相就隔着一张纸，很近，只要我们善于洞察，而老师和家长平时也应要特别注意去观察了解孩子的内心世界，引导孩子顺其自然地发展。

用孩子的眼睛看世界

晚上，看到 QQ 好友"粉红色的回忆"发的图文，有感。

"爸爸给了他两只冰棒，他就开心成这样。"这句话不仅是说孩子的好心情，也是对孩子绘画的肯定和欣赏——这位妈妈愉快地分享着孩子的心情，她能用孩子的眼睛看孩子的世界，这可能与她从事的幼教工作有关，我要给这位孩子妈妈点赞！

小孩的画作看似简单却内容丰富，分为两幅：行为上爸爸给冰棒，自己双手来接；感情上，拿到冰棒后，心情十分愉悦。两幅画面的构图都很饱满，人物主次关系也十分清楚，动态富有变化，表情和细节特征都有所交代——"眼镜爸爸"的特征描写、高跟鞋代指妈妈等，真实地反映了一个幼儿园大班孩子出色的观察感受与表现能力。尤其是第二幅，小作者把自己画得很大，放在画面最醒目的位置，动态表情夸张，充分表达了自己快乐的心情。虽然画面不一定完全是真实的，但孩子描述的事件和心情是绝对真实的，自由自在，有感而发。

孩子妈妈的后一句"孩子的世界真的很单纯——可大人呢？"这句话也正是我想要说的，可能和她的指向不一样。

原汁原味的儿童画都是孩子心灵的自然流露，虽说没什么技巧，但其纯真与美好就足以动人，这是艺术的根本。有的教科书里把儿童画归纳到简笔画里，那是大错而特错的。因为简笔画的"简"是成年人在形式上的概括，缺乏孩子绘画中应有的情感内涵与生命活力，而当下流行的用成年人创作的简笔画来教孩子更是大错而特错，当僵化的简笔画模式蒙蔽了孩子观察与发现的眼睛以后，当成年人的技能技巧代替了孩子对于生活的感动以后，绘画就成了为了画而画，儿童画就死了，无生命可言。

著名画家和评论家陈丹青在《纽约琐记》中引用了大师毕加索的经典说法："我在十几岁时画画就像个古代大师，但我花了一辈子学习怎样像孩子那样画画。""老毕"说的当然不是自己要画得像孩子那样，而是用儿童般好奇的眼睛和单纯的心灵去观察与发现，去表现生活中感人的地方，所以，他的画风不断地变，成就为闻名全球的艺术大师。因此我认为：

画画的人，保持童心很重要。因为有了童心，眼睛这门心灵的窗户才得以清亮明净，而不被成见所迷惑。教育部艺术教育委员会委员、中国美术家协会少儿艺委会主任尹少淳教授曾亲笔题写"童心可鉴"四字送我，对我启发很大。

看画的人，包括教师和家长也要有颗童心，能与孩子心相通、意相连、心相印，从孩子的角度去看画，这样才能读懂孩子，明白画子的价值。要拒绝居高临下评头论足，更不要不懂装懂。

教画的人，最应该向大师毕加索学习，要在引导孩子观察与感受的方法上多下功夫，这是个循序渐进、潜移默化的过程，可能短时间不见明显效果，但一定不要为了迎合家长而用简笔画忽悠孩子。

可惜，成年人的世界早已不够单纯，有些教师因急功近利，在教学和评价上很难做到真正从孩子的心灵出发来理解孩子、帮助孩子和欣赏孩子，很多时候还跟风求同用错误的评价标准误导孩子。更有很多家长，因孩子的作品不如自己想象中的那么"像"而横加指责，把孩子的绘画兴趣也赶跑了。这种现象很普遍，值得我们警惕。

画如其人得分高

下午遇到本县艺考特色学校众兴中学的一位美术教师，说到有关专业训练的事情，他感叹：对上无法把握改卷老师的口味，对下无法改变学生的学习状态和能力，因此对自己的教学能力也抱着怀疑的态度，无法保证让学生考出高分来。也许，他这是谦虚的说法，但也引起了我的思考。

我认为，美术高考改卷老师的口味虽因年度、地域和改卷老师个人审美趣味有所不同，但有一个道理是不变的，就是通过考试来检验学生的美术基本功，日常训练必须扎实有序，不可投机取巧。学生基本功扎实了，考场上画出完整的画就不成问题，无论用哪种写实的形式表现，分数都不会低。假如要学生出类拔萃得高分，就不仅是技能技巧的问题了，教师还要注意培养学生如何运用所学来表达自己的个性与审美趣味，即所谓画如其人，杜绝为画而画、为考而画的现象，这是艺术创造的根本，是得高分的硬道理。因此，我认为考前训练要注意以下问题：

抓住感觉不放手。很多学生只相信老师，不相信自己；只相信技法，不相信感觉，这种心态需要改变。绘画要会"印象"主义手法，就是从感受入手。

"一千个观众，就有一千个哈姆雷特。"和看戏一样，学生面对写生对象，每个人都有自己不同的感受，这就是"印象"，它是跟着感觉走的。有的学生钻到了技法的牛角尖里，为了画而画，漠视自身感受，画出的形象必然刻板、呆滞，了无生机。因此，教师要引导学生相信自己的感知能力，当第一眼捕捉到感觉以后，要迅速果断、毫不犹豫地把它表现出来，即使在技法上还不够熟练，但画面效果必然生动活泼，富有艺术感染力。

该松手时就松手。躺于摇篮长大的孩子永远学不会走路。对初学绘画的学生，要勤于传、帮、带，要多扶着走。这样可以尽快帮助学生学会观察比较的方法和表现技法，领学生上路。当学生掌握了一定的绘画基础知识和基本技能后，教师就不该患得患失，要敢于松手，让学生在相对自由的时空里，自信、大胆地表现自己的审美情感和审美感受。教师若这样那样要求过多，束缚过死就会影响学生的学习心理，限制学生的自由发挥。

所以，该松手时就松手，松手是为了把鸟儿放得更高，让它们飞得更远。

无为也是无不为。临考前，学生的绘画水平有了很大提高，又能自觉去临画、默写或写生，老师若还是在他们眼前晃来晃去、说东道西，不仅会分散学生的注意力，还会影响学生的自信心，干扰学生的自由表达，最终事与愿违。

教师要让学生根据自己的兴趣、爱好和审美选择自己喜欢的优秀范画临习，借鉴想要的绘画形式语言，让学生根据学情自行安排学习内容，自行分配用在素描和色彩上的学习时间。自主权给了学生，学生便能自给自足，也容易找到属于自己的表现风格。

这样的教学看起来是教师"无为"，实际上是学生的"无所不为"，是教学上的"无为而治"。要相信，有时候教师无所作为，学生反而能更好地有所作为。

请记住，无论美术高考的风向如何变化，除设计、国画等特殊要求，央美、国美等顶级高校外，其他高校大多依然是围绕写实性的素描、速写、色彩和创作出题，万变不离其宗，只要不偏离教学目标，注意训练的方式方法，美术教师在指导学生时应该能找到自己的自信。

和李力加教授聊儿童美术

国家美术新课程研制组核心成员、浙江师范大学硕士生导师李力加教授在博文中提出有关儿童美术教育方面的思考：

在即将去教育部封闭开会前，接《学校艺术教育》杂志主编的专访题目《如何让儿童美术回归儿童美术本质？》，这个主题对于思考当下我国的儿童美术教育问题非常有针对性。正值我主持教育部人文社会科学规划的 2012 年度课题"当代中国的儿童美术教育研究"，目前的研究正全面展开，对于以下问题将给予一一回答，包含：对当前的儿童美术有何评价？对儿童画出的成人化倾向问题是如何看的？如何在中小学美术课堂教学和课外艺术实践活动中，把握儿童美术的原则？

因我也有同样的思考，就有了以下一段对话：

"当前某些儿童美术教育可以用以下对联来概括，上联：改没改，小道闭塞，曲径通幽，昏天黑地，学不学两相情愿，也就各行其是。下联：革不革，大门敞开，雾霾满天，泥沙俱下，校内外一片喧哗，多是商家经营。横批：无可奈何！"

李力加教授回复我说："非常形象。谢谢你！"

我接着说："关于第二个问题，我讨厌儿童绘画的成人化。在儿童绘画中，我们可以用成人的思考、成人的方法进行引导与启迪，但绝不可以用成人的功利、成人的标准来要求儿童。我愿意让儿童把绘画当作自己倾诉与交流的语言，表达感受、流淌心声、发挥想象、发扬创造、发现快乐、享受美好。儿童绘画的成人化其实是在剥夺儿童与生俱来的审美与创造诉求，其害大于利。社会上用'伪儿童画'作为范本教授儿童，重了有限的技巧却丢了审美之根本。重了眼前的功利，却丢了美育之根本，是误导，我认为不可取。童有童感，童有童情，童有童语，童有童为，童有趣童，童有童乐——其美真善，可谓大美。不必把早熟儿童教幼稚，更不必把幼稚儿童教早熟；前者是徒劳无功，后者是拔苗助长。"

李教授回答说："说得非常到位。不必把早熟儿童教幼稚，更不必把幼稚儿童教早熟；前者是徒劳无功，后者是拔苗助长。"

我继续说："不客气地讲，儿童美术成人化源于成人的无知、浅薄、功利与惰性。"

李教授："儿童美术的成人化，一是源自成人（家长、社会公众）对美术理解的浅薄；二是某些急功近利的美术教师对儿童的坑害；三是整个社会环境对儿童生长过程的压迫。谢谢你！"

我说："把握儿童美术（教育）的原则，起码要注意以下八个方面。

要爱护。爱，是父母般的慈爱，是发自内心的关注人类命运的悲天悯人的大爱。护，是设法爱护儿童纯真的天性，维护儿童个性情感的发育，保护儿童的信心、兴趣和原创力。

要激励。激，是注重激发儿童的兴趣与爱好，激活儿童的感知和体验，唤醒儿童的想象与创造。励，是善于鼓舞、鼓励、激励，帮助儿童酣畅淋漓地表达和发挥。

要启发。启，是基于不同儿童的个性与心理的顺势引导和启迪。发，是引导发现、发掘、发挥，最终是培养儿童自我发展能力。

要融合。融，是善于在教学中融智商与情商、智慧与品德、学习与生活为一体。合，是善于把握文化、生活与科学、艺术的综合，把握成人与成才的综合。

要宽容。宽，是心胸与知识面的宽广，教学要求、教学氛围、教学评价的宽松。容，是能容许孩子的过错与失败，容纳不同个性、情感与审美需求的表达。

要开拓。开，是善于开展展示、展览、参观、学习、交流等有益的教学活动，开辟多种学习交流渠道。拓是敢于拓宽教学思路，扩展教学空间，在课程开发和教学方法上有所创新，勇做拓荒者。

要享乐。享，是善于让儿童享受发现之美，享受创造之美。乐，是引导儿童乐于表达、交流与合作，乐于展示自己的才华。

要总结。总，是指教师善于把握艺术教育的宗旨，以新课程标准为纲总领全局，实施教育教学。结，是指教师善于反思，撰写经验总结，不断提高自己的能力水平。"

李教授回复我："谢谢你的思考。美术教育研究方法中的实践研究，与之对应的是美术学科实践教育学，实践研究主要关注'要什么'。也就是说，你所提出的论点需要结合理论进行实验研究。儿童美术教学的实践研究如果仅仅提出'要怎么做'的操作方法和注意事项，而缺乏对儿童美术教育理论的论证（为什么要这么做）。那么，儿童美术教学实践研究的教学对策（策略）就往往既缺乏思辨研究的逻辑的说服力，也缺乏实证研究的因果关系的证据。因此，你所提出的观点，需要在这两个方面深入研究，既有深入的实践研究，又有对你提出的儿童美术教育理论的论证。"

李教授见我一口气说了这么多观点，马上给我指出下一步研究的目标和策略。

我赶紧答谢："先生指教得是。仅仅从粗糙的感性经验出发还不够，还需进一步在理论与实践两个方面进行系统、深入地研究和论证，去伪存真，去粗取精。做到从实践中来，构建理论体系；再以理论为指导，到实践中去。要用科学研究的态度和方法，把实验目标具体化、系统化，重视对实验过程的观察、诊断与记录，重视对实验结果的统计、梳理和总结，重视通过用大量典型的案例结合理论支撑进行逻辑性地论证。教育者，当以探究的精神、严谨的态度治学。"

一段对话，把多年的儿童美术教学感悟凝练起来，也明白了下一步该如何摆事实、讲道理，把研究做深，收获很大。感谢李力加教授在百忙中给予我的指导！

发现的欣喜

今天在琴房有件开心事。

班里 Z 同学课堂爱迟到、爱讲话并做小动作，已经影响到整个班级纪律，周围同学意见不小。我要求她写的每日日志，她也敷衍了事。看来，她是看破了"红尘"，属于破罐子破摔的那一类，或许积习难改。因她是走读生，昨晚我打电话联系她，想聊聊天，但要么是刚报来的号码不对，要么是家里电话无人接，联系不上。早上我找她谈话时，看她那无所谓的表情，我就知道这位似乎是在初中"饱经风霜"了，几句无足轻重的"官话"难以改变她什么。我问她为什么留个错号码给我，她说是爸妈吵架，把原号码丢了。我想，家家有本难念的经，动了恻隐之心，但也不便多问。

上午第一、二节是琴法课。钢琴老师的教学习惯我清楚，一般是学生三五个结伴一道面授，然后回琴房自己反复练习。我怕学生贪玩，有意到每个琴房走一遍，起个监督作用。当我走近 Z 的琴房时，见她无所事事，就问她："你为什么不练习？"她回答："我会弹。"我思忖：难道是学过钢琴的？这在学生中是常有的，有的家长在孩子很小时就送他们学琴了；可看她两手长长的指甲我又怀疑，弹钢琴是不能留指甲的。我说："那你弹一段让我欣赏一下吧？"她扭捏地说弹不好。我笑着说："这就怪了，刚说会弹，现在又说弹不好，忽悠我呀？反正我不会，弹不好不要紧，试试看！"她伸出双手，五指张开，有节奏地摁下琴键。我一看这招式就明白：她的确练过一段时间，是有底子的。

这个新发现让我欣喜。我当班主任，喜欢组办班级的课余社团，培养学生兴趣，发挥学生特长。十几年前，我就在我带的美术班里组织很多兴趣社团，包含乒乓球、跑步、象棋、书法、手风琴等，校运动会 100 米冠亚军都给我们拿来的，工作后最调皮的学生 W 同学在我任教的复兴小学，屡次代表学校获得县级小学生乒乓球比赛冠亚军。至今，我的习惯还没有改，在现在的新班里，写作、书法、舞蹈等都有了头儿，正在物色其他领头羊，这不就撞上一个了吗？我说："那你摊上大事了！"她不解地看着我。"你的家人从小对你就十分重视，培养你的艺术才能。你的基本功应该不错，但还要多练习，不然很快就会被别人赶超。这样吧，你就做班级钢琴课代表，课余带着大家一起练如何？"她扭扭捏捏低头不语，但从她的微笑中能看出她意外的惊喜。我果断地说："这事就这样定了，你得勤学苦练，做个好榜样，同学们的进步就指望你了——明天我拿把剪刀，帮你剪掉指甲。"她迅速抬起头来回答我："我自己剪。"之后，她给了我一个电话号码，是她妈妈的，我相信这应该是真的！

之后，我给她妈妈打了个电话报个喜：你的女儿愿意做班级钢琴课代表，带领我们全班学生课余练习钢琴。她的妈妈十分高兴，说孩子过去表现一直很好，只是家里出现过一点小情况后，缺少关心，十分逆反，导致成绩大滑坡，但她的写作一直不错，作文还在城关中学的校报上刊登过。这又是一个新的发现，原来孩子不是写不好，而是不愿写啊。我跟她妈妈提了个要求，希望多鼓励和督促，保障孩子晚上在家按时完成作业，不迟到不早退。家长满口答应。

十五六岁的学生们正处于强反叛期，常规的说教和高压性管理对她们已经失效，教师要善于寻找她们的亮点，贴上优秀的标签，借此激发她们学习兴趣，帮助她们重建信心。

教育是复杂的，不可能依赖一两件事就能达到想要的结果，但我欣喜的是，在这个孩子的引领上，我算是找到了一个很好的突破口。

目中不可无人

河山只在我梦萦，

祖国已多年未亲近，

可是不管怎样也改变不了我的中国心。

洋装虽然穿在身，

我心依然是中国心，

……

1984 年春晚，张明敏唱的《我的中国心》一夜间火遍全国。记得那个时候，我在中师读书，课余手捧书本沿着店埠大河岸边漫步，一路走，一路唱，能把自己唱得热血沸腾——青年学子都满怀报国热忱。

当时，中师校园不大，学生也不多，但学习风气特好，早晚随处可见捧读书本的校友。养成了读书习惯，就喜欢到处找书读。我嫌学校图书室的藏书少了，发现县城老街的县图书馆里藏书多，就赶快办了借书证，每逢周末必去借书、看杂志，还带了一些同学去，共享阅读的乐趣。

书读多了，见识广了，心胸也会开阔，精神境界随之提高。因此，明朝的东林党领袖顾宪成的经典名联"风声、雨声、读书声，声声入耳；家事、国事、天下事，事事关心"也变成我们学习生活和精神的写照。

我在乡村工作 10 年后调回母校，起初教的是中师生，校风和原来差不多，但转轨为职校后，学风每况愈下，似"王二小子过年，一年不如一年"。这 10 多年，更是颓废到了让人睁不开眼的地步。

课前课后，校园里随处都可见一群群捧读手机的学生，即便是晚上，从楼上往下看，学生的手机也像鬼火一般四处飘游，让人联想到了幽灵，心里冷飕飕的。

课下不爱读书，课上也不愿听课。套用顾宪成的对联便是："说声、笑声、打鼾声，声声入耳；吃事、喝事、玩谈事，事事闹心。"负责任的教师多一点办法、多一点耐心、多几次劝诫或许会好些，但久了也会在倦怠中丧失耐心和信心；不负责任的老师，则睁一只眼闭一只眼，完成授课任务后走人。

记得前些年做班主任时，有一天上晚自习，我走到二楼楼梯就听到一片喧闹声，循声去看：路过第一个班，满眼都是吃的、喝的、玩的、笑的学生，就是没有一个看书的；第二个班略好，有一人在做刺绣，一人在做作业，其他则在梳头、打闹或吃零食；最喧嚣的班里，学生在讲台上载歌载舞，讲台下大呼小叫，没人看书。我想，第二天就要期中考试，学生们不需要准备吗？"临阵磨枪，不快也光"啊。有人说"大考大玩，小考小玩"，但前提是"不考不玩"；平时做足了功夫，考前才淡定自若，如果每天泡在吃喝玩乐中，拿什么去考呢？

幼教班的监考给了我答案。有人放弃语文试卷的作文写作，英语考试没过半个小时就有人要交卷，选择填空随便画画来得快，没有人能写出幼儿心理学试卷中的"年龄特征"概念。我对学生说：你们的考风很好，没有人偷看。一个学生回答说：懒得抄。勤于吃喝玩乐，疏于读书学习，不学无术如何应对中职升学？如何应对未来的工作？

我曾和时任领导提过建议，希望严格管理制度，常在校园走走，督促班主任和科任老师严管，促使学生自觉、自律。得到的回答是：看一次受一次打击，干脆不看。领导眼不见心不烦，给教师留下的是无尽的烦恼。

教师要天天面对，眼中不可无人。手机是干扰学习的最大祸害，在手机管理上，我做了个实验：在征求了学生同意的情况下，把学生手机统一收上来保管一天，看学生的反应如何。结果她们离开手机后，精神状态良好。我问学生，假如把手机收起来集中保管，家里有事找我传达，周末还给你们如何？学生说，可以呀，我也希望学校管严一点；严师出高徒，大家都玩，我也就随大流"摆烂"了。我试过，让班里学生每人交30元押金，在学校办借书卡，带她们借书来读。把每周读一本书、写一篇读后感纳入班级管理制度里，专人定期检查，优秀的读书笔记在她们毕业时做成集子作为纪念，学生支持。

初进学校图书室，学生们的积极性挺高的。我了解到：有的本来就喜欢读书，也有人早已厌倦无所事事的课余生活，安安静静地读点书反倒多了点生活趣味，但是，半年不到，很多同学背后偷偷地退了借书卡，因为校园都是玩手机的，大环境下的小气候难以维持。

目中无人，或许真的少了许多烦恼。那么，立德树人如何实现呢？

所以，要目中有人，要改变校风。校风建设要从学风抓起，这是教师的事，但更是教务的事。教务不仅要抓考勤、点人数，还要抓教师如何教、教得如何；抓学生如何学、学得如何。至于教师教学质量，要由教研室去抓。这"抓"字里面学问很多，包含规范、引导、督促、奖惩等等，走进去事物会很多，所以人们不愿进去。那么，校风、教风、学风也就很难改变。

我的班级谁做主？

班级管理，当然是班主任做主，但是换个思维，让学生做主可以吗？

当然可以。现实生活中，人们以不同的社会角色参加活动，这种因角色不同而引起的心理或行为变化即"角色效应"。

心理学家通过观察发现：两个同卵双生的女孩，外貌非常相似，从小学到中学，直到大学都是在同一个学校，同一个班内读书，但是她俩在性格上却大不一样。姐姐性格开朗，好交际，待人主动热情，处理问题果断，较早地具备了独立工作的能力；而妹妹遇事缺乏主见，在谈话和回答问题时常常依赖于别人，性格内向，不善交际。是什么原因造成姐妹俩在性格上这样大的差异呢？

主要是她们充当的"角色"不一样。在生下来后，她们的父母就定先出生的为"姐姐"，后出生的为"妹妹"。责成姐姐必须照顾妹妹，要对妹妹的行为负责，同时也要求妹妹听姐姐的话，遇事必须同姐姐商量。这样，姐姐不但要培养自己独立处理问题的能力，而且还扮演了妹妹的"保护人"的角色，妹妹则当然充当了被保护的角色。

其实，并非只是孪生子才有"角色效应"，正常的人都会受到角色的影响。尤其是学生在性格形成上受"角色"影响更大。发挥角色的良好效应有助于学生的健康成长。在教育实践中，教师要不断创设情境，让学生能经常设身处地地站在他人的角度来思考问题。

我在班级管理上，常让学生在角色换位中培养责任意识，提高自律、自理、自治能力。

学做"老班"。把学生以两人为单位分成若干个组，每组轮流做班主任，负责全天管理，包括日常安全、班级卫生、课堂纪律、寝室管理、课外生活等方面内容，并把主要事件填写在班级日志上。每天的管理情况由班长、副班长、学习委员、劳动委员协助监督，由组长和寝室长量化评分。学期结束评选班级"见习优班"，并给予适当的奖励。

学做演说家。利用早读和晚自习时间，锻炼学生演讲能力。除一、三、五早上读书，二、四的早晚都是小演讲，走读生早上讲、住校生晚上讲，演讲的话题可以是所见、所闻、所读、所学、所做、所感，实话实说，不讲空话、假话，内容全由自己定，时间不超过 5 分钟。通过小演讲培养学生观察、思考的习惯，提高学生心理素质和表达能力。此项活动由各个小组长负责记录和考核。

学做老师。通过名师、名课视频的观赏分析，让学生学做老师，学习微备课、微教学的基本步骤和方法，把美术课本上每一课的知识点分解成几个部分，学生事先利用手机上网查资料备课，然后上讲台上微课，要求"讲得流畅，画得熟练"，培养学生主动学习研究的习惯和责任意识。

学做艺术家。抓住全国"文明风采大赛"以及各类省市级比赛活动的机遇，鼓励、发动学生积极参与，像艺术家创作一样，通过手机查阅网上资料，归类、梳理、分析创作方法和要点，借鉴资料独立自主完成创作。通过参与活动让学生开阔眼界，汲取经验，提高能力。

学做志愿者。在绝对保障安全的前提下，借助县委宣传部"文化艺术下乡月"，县摄影家协会年会等平台，组织学生自己排练唱歌、舞蹈节目，参与社会艺术表演活动，学以致用，展示才能，让学生在社会文化艺术生活中，感悟学习的意义和价值。

这样做，能把学生从"被管理"的位置上解放出来，化解对老师和班干的敌视心理，促使学生全面发展。

著名特级教师魏书生就善于把班级管理的责任分配到人。让学生做主人翁，走上讲台，走上社会大舞台，在自己管理自己中获得进取的力量，不以成败论英雄。所以我的原则是：做好做坏都是进步，提倡在试错中学习提高。把学生推到前台，才能真正调动他们的成长积极性，自觉改变疏懒懈怠的习惯，积极向上，为走上社会工作岗位做好准备。

　　学生经过锻炼，自我管理能力明显增强。我出去开会，或是采风，有时请假长达一周时间，就把班级交给学生自己管，从没有出现任何乱子，可谓无为而治。

清明节也是感恩节

有人说清明节是中国的"感恩节",我加上两个字,叫作"感恩教育节"。因为清明扫墓是纪念逝去的先人,说感恩也仅仅是生者的自我安慰,更重要的是,如何引导学生活在当下,感恩眼前。

清明节这天,我对学生说:我们小的时候,吃的、穿的、用的、玩的都是找父母要,什么都依赖父母,甚至摔倒了也不愿爬起来,嬉皮赖脸地等着父亲或母亲来拉。有时还盼着生病,因为生病了能享受到父母给予最大的怜爱和关切。人在弱小的时候,一切仰仗着父母、依赖着父母。也正是父母含辛茹苦、不辞劳累、不惜一切代价地给予了我们最无私的爱,我们才得以长大成人。

那么,换位来想,我们能给予他们什么呢?我们能满足他们的诉求吗?他们想住得好一点,我们能提供吗?他们想吃得好、穿得好一点,我们能及时买来吗?他们寂寞、孤单时,我们能陪着他们出去走走吗?不能,我们在读书,还不能挣钱回报。

我们只能想些办法"哄"着父母开心,让他们分享自己的进步与快乐,让忧虑重重的父母放下心来。

如何哄他们开心呢?我让学生说说。

W说:"我每次把做好的美术作业给妈妈看,也把同学对我都很关心爱护的事告诉她,她很开心;我的同桌数学成绩好,经常帮我,妈妈说笑道'以后考本科就指望她了!'这时候开心得很。"W让家人分享了美术作业的成功和好人缘。

S说:"爸爸回来时,我跳舞给他看,虽然我的悟性不高,跳得不太好,但他也很开心。"我说："一般乡村孩子根本没有机会学跳舞，而我们今天有机会免费学习，正是父母期盼已久的事情，他们当然很开心。"

X 说的是近期学校举办的手工作品展览和讲座，让她大开眼界，那些琳琅满目、美不胜收的手工艺品让她痴迷，她决心学会，做出来送给妈妈。

Y 说的是学习成绩进步，Q 说的是和同桌关系如同姐妹的亲密关系，都能让妈妈高兴。

也有些同学告诉我爸妈不在身边，没办法说，只好用微信发给他们看。

然后，我也说说。

女儿是父母的贴心"小棉袄"，要会暖心，要向他们汇报自己读书的收获。比如，作文中某些写得不错的句段，学会了画一幅风景画，学了一个礼仪知识，学习了一个心理学知识等，都可以随时说道说道。当然，汇报的方法有多种，学习了一个新的舞蹈动作，可以把录像发给他们看；学了一首歌或是一段钢琴曲，可以录音发给他们听……在美术课上能说的东西更多，剪纸、设计、美术字等，直接发图片给他们看。也可以说说老师，如班主任无微不至的关心，职业老师给予的生涯规划指导等；还可以说说学校里发生的大事，如文化大讲堂、演讲比赛、摄影展览等等，这些事都与自己的成长密切相关，父母都想知道，主动告诉他们，他们就能放心、开心。只要自己做个有心人，在每天学习的课程里找到自己的点滴收获和进步，那么开心的事情真是没完没了，让他们看到未来充满希望，肯定会天天开心！

滴水之恩当涌泉相报。

一番闲聊，几乎花了半节课时间，浪费呀，但也挺值——其后，学生听课专心了，作业也认真多了。人都是有良心的。

感恩现在，用行动。我让学生举手表态，大家的手举得齐刷刷的。我拍下照片发到群里，让他们收藏起来，铭记在心。

眼观六路，耳听八方

2018 年 12 月 19 日

在肥东六中帮工作室成员磨课时，发现一些问题，感觉教学评价要慎用"错""非"等字眼，原因如下：一张作品 90% 成功了，教师针对那 10% 的缺点予以批评，会否定学生的全部努力，学生的自信和兴趣常是这样被赶跑的；美术评价标准是多元化的，不会有"1+1＝2"的标准答案，是非对错很难界定，不可盲目、草率下结论；学生是活人，有丰富的情感和内心世界，有特殊的表达方式，教师要仔细观察、诊断，了解作业背后隐藏的学情，不轻易做否定。

2018 年 12 月 19 日 21：07

课上，有个学生用手捂着自己的画，不让别人看。显然是胆怯，为什么胆怯呢？如何引导呢？仔细一看，他把人物画得太小。我给他提了个建议：在小人的脚下添一座高山，让学生站上面高喊：我能行！这就解决了构图小的问题，将错就错，创造了一个新意境。这叫教育机智。

2018 年 12 月 19 日 22：25

观察，是有目的、有计划进行的知觉活动，是知觉的一种高级形式。观，指看、听等感知行为，察即比较、分析思考，观察不只是视觉过程，是以视觉为主，融其他感觉为一体的综合感知，而且观察包含着积极的思维活动，因此称之为知觉的高级形式。

在我们的课堂上总有一些盲区需要关注，否则遗憾会越来越多。

我看到一个小女孩，畏畏缩缩不敢下手，凑近了才发现她的手下露出一块透明三角尺来，估计是怕画不直线条，总想用尺子。遇到这种现象，教师就要及时点拨，让孩子知道手绘线条的变化之美，鼓励他们果断下笔，不要依赖尺子。应试教育下的很多孩子越是不能，越是不敢问，越是需要教师主动作为。

2018 年 12 月 19 日 22：47

　　班里很多孩子扭曲的坐姿是因为握笔姿势的错误造成的。握笔错了，眼睛看不到笔尖，牵动头颈、腰身，形成连锁反应，导致坐姿错误。其影响可不小：指关节、腕关节、肩关节、颈椎、腰椎、眼睛屈光度长期扭曲，影响孩子的身体发育和健康，教师要发现和纠正。

2019 年 1 月 8 日 23：42

　　工作室刘老师所在的合肥 168 中学的展示课上，我们走到一个孩子面前要看他画时，孩子用手捂着不让看。我觉得其中有原因，就问他："为什么不让看？"他回答："画得不像！"我说："本来就不要很像啊，何况你的想象力这么丰富！"于是学生继续画下去，过了一会儿，竟然主动招呼刘老师去看他的画了。在展评环节，这个孩子又积极走上讲台介绍自己的画，滔滔不绝，把创意表达说得很清楚，真的一个爽！

　　这件小事给我们的启示是：一些害羞的孩子内心丰富，想得多，或因认知偏差造成盲目自卑，或因能力不够造成学习障碍，老师要细心观察，因势利导，即时帮助他们走出困境。

　　好的老师课堂要有洞察力，敏感地发现问题，及时和学生沟通交流；好的教学要能走进学生的内心世界和作品情境中，以生为本，巧妙生成，促进学生智慧生长。

　　反之，教师课堂上若疏于观察与诊断，教学引导简单粗糙甚至武断，就谈不上因材施教、巧妙生成了，不利于学生学习兴趣的培养和审美趣味的提高，更不利于学生创造力的培养，所以，美术教师必须同学生一道成长，课堂上要"眼观六路，耳听八方"，及时反馈信息，引领学生进步。

"庸"俗易懂

2010 年 10 月 29 日，在南京举行的第二届世界华人美术教育大会上，尹少淳教授强调"美术教师能够拥有教育机趣，把机智和风趣融入美术教学中，寓教于乐"。2011 年 10 月，我在首都师范大学的国培班学习中，聆听了尹教授的学术讲座，真切地感受到他教学语言的智慧和幽默，易于理解又让人印象深刻，受益匪浅。现列举两例。

裤带子理论

裤带子系在身上要松紧适度，过紧或过松都会让人不适。用以比拟中国和美国基础教育不同理念追求下的两种极端现象。

罗恩菲德和艾斯纳，是对我国乃至世界影响深远的两位美术教育家，前者倡导以儿童为中心的教育理念，主张通过教育发展儿童的创造性。其代表作为二十世纪四十年代出版的《创造性与心智的成长》。

课程论专家艾斯纳则主张 DBAE 美术教育模式，即以学科为中心的教育理念，DBAE 融合了美术创作、美术批评、美术史和美学四个方面的知识，并设计了一个全面系统、连贯的美术课程体系。其代表作为二十世纪七十年代出版的《儿童的知觉与视觉的发展》。

美国的教育一直是"松"的，偏重以儿童为中心，而我国的教育是"紧"的，偏重以学科为中心。我们可以"松"，但也不可太"松"，松到教师无为的程度，避免走极端。任何理论都有其局限性，不是绝对的。

如系"裤带子"，偏"松"，裤子往下掉则不雅观；若偏"紧"，影响血液循环则不舒适。所以，我们将寻求一种适宜、平衡、和谐的教育。

但不要误会，它不是把以上两种理论简单地相加和中和。发展学生的创造性和严谨的课程观都是我们所缺少的，而"裤带子"适宜、平衡、和谐的理论为我们在继承本土文化并吸纳国外美术教育精髓的基础上，建构一个以学生的创造性为中心，融合四个美术领域知识和人文知识于一体的、严谨的美术课程体系提供了可能。

药丸子理论

良药苦口，用糖衣包裹的苦药就容易让人接受。说明教师在教学活动中，运用恰当的教学方式能够很好地激发学生的学习主动性，提高教学的有效性。

我们常见，"刀子嘴"的"好老师"常因说话过于直白而不受学生待见。

这就是人性的弱点。人们往往不愿意接受单刀直入、开门见山式的提醒和说教，即便知道对方是出于好意，还是会莫名觉得受到了冒犯。

商业营销模式值得借鉴。被誉为"世界级故事大师"、《故事思维》的作者安妮特·西蒙斯致力于将故事思维应用在商业领域。她以大量亲身经历的事例为依托，详细讲述商业中的实战型说故事技巧，还服务过美国国家航空航天（NASA）、美国国税局（IRS）、微软等知名企业。

安妮特·西蒙斯在《故事思维》中不仅介绍了商界沟通中常用的6大类故事、7种寻找故事的办法、10个故事胜于事实的状况，还传授了讲故事的具体方法。作为在商界推广故事技巧的"圣经"，《故事思维》连续畅销全球十余年，不得不说的是，这本书的一大亮点是客观深入地对人性进行了剖析，而这也正是高效沟通的关键。

有个美国女商人要去日本出差，一位日本合作伙伴直言："来日本办公室，不要穿红色紧身短款上衣，不要喷香水化浓妆，不要佩戴长耳饰，也不要穿高于两厘米的高跟鞋。"这个美国女商人被激怒了，因为她认为这番告诫明显意味着不尊重。由此一来，这位日本合作伙伴的好意就被歪曲了，造成了不必要的误会。倘若他在最开始，先说一个有着类似装扮的故事，如一位美国女士首次来到日本公司的办公室就引来日本男士纷纷搭讪，而造成诸多尴尬的处境，说明不同国度和民族的文化差异，再交代穿着打扮方面的注意事项，那么这个美国女商人就会明白、感激这位合作伙伴的好意。

可见，尹教授善于用生活里形象的比方，把教育学中一些抽象的概念说得明明白白。其"庸"俗易懂并不"庸俗"，而是通俗，接地气，是尹少淳教授幽默风趣的教育大智慧，是对"机趣"教学语言的最好注释。

手中握把"放大镜"

有一次国画课上，两个孩子临摹教本上的同一幅鹌鹑画，但在布局、造型和笔墨运用上结果相差很大。

他们一样爱好，一样专注，一样观摩了教师的示范，因为基础不同，趣味不同，所以在造型能力和结果上产生区别。从求同的角度看，教师当然要表扬画得好的，指责画得差一点的，这样的评判看起来合情合理，实质上不够公平。我们先来了解一下儿童国画教学。

一般来说，儿童用毛笔作画比用水彩笔、马克笔等工具作画要复杂很多。既要确定布局又要看准形态和结构，还要选择毛笔、掌控水分、调好墨色、确定步骤，非胸有成竹就难免失误。凡是画过国画的成年人都清楚，不是每幅画都能达到想要的效果，总会留有这样或是那样的缺憾。所以，对转型期之前的少儿绘画不必过于苛求，可以删繁为简，便于让孩子掌握要领。《芥子园画谱》内容丰富、循序渐进，有利于学习传统程式化语言，便于初学者掌握，但缺少墨色的变化；天津画家刘荫祥老师在儿童国画教学中经验很丰富，他善于用高度凝练的笔墨来表现对象，其范本很适合儿童学习。

社会上各类国画入门教本繁杂，有儿童用的，画面简单，技法要求不高；也有成人用的，画面比较复杂，技法严谨。选择儿童用书，过于简单了，含金量低；选择成人用书，含金量高了，技法要求过高，孩子难以企及。于是必须有个折中的办法，在评价上多元化，不死守教条。

因此，在评价学生作业时，要因人而异，因画而异，因时而异，不能用一个标准去衡量。画得大的，饱满张扬是美；画得小的，玲珑娟秀也是美；画得快的，笔墨淋漓、爽朗豪放是美；画得慢的，严谨细致、温文尔雅也是美——总之，教师要手握"放大镜"，发现亮点，放大优点，肯定孩子的个性特点与创作尝试，顺势而为，引领他们去尝试，去发现，去感悟，去提高，这是质性评价。

例如魏瑞江老师在"手的写生"教学巡视中，发现学生"开始时线条犹豫，但是自己观察得来的，所以越到后边画得越放松，尤其到衣服、手腕这一步，几条线越画越自信"。他敏锐地抓住学生作品"越画越放松""越画越自信"的表现特征和美感体验予以肯定，可见他观察之细。

我们还要从单纯的结果性评价转向学习探究的过程性评价。学习活动是孩子探究、体验和感悟的过程，画坏了也不一定是坏事，"吃一堑，长一智"，变成了好事；有时候，因错而出新意，将错就错，肆意发挥，变成了奇思妙想，所以要允许孩子犯错，鼓励孩子去大胆尝试。

例如，魏瑞江老师从画错了却有"旋转的感觉"的手中找出新意，他说："错误是一个很伟大的推手"，鼓励学生"在错的时候也向艺术迈进"。学生将大拇指画得过于粗大，魏老师说"所传递的感受与信息别具一格，如果参加比赛，把人的大拇指就画成这样，作品是极有个性的"。这种解读点石成金，闪烁着智慧的光芒，揭示了艺术创造的价值，开启了创意无限的大门。

我认为，学生作业不存在一无是处，我们要本着客观负责的态度，善于在过程中发现和指导，给予学生积极的发展性评价。

所以，儿童国画的评价不必过于求同，而应主张求异。即使是临摹，画中也带有儿童的个人气质。我们当创造宽松的学习环境，运用多元的、发展的评价标准引领学生去探究、去表现，随机生成，智慧引领，教书育人。

老师不可太"老师"

春节期间，老师遇到亲戚家的孩子，免不了要问问"成绩如何?""以后想考个什么学校?"诸如此类的问题，问完了还忍不住要"教导"几句，生怕人家不上进。过分的，还要现场出个题目考一考，把人弄得落荒而逃。职业习惯，让老师太"老师"了!

结果，很多孩子遇着当老师的爷爷奶奶、叔叔阿姨，都躲得远远的。孩子平日在学校里接受的"教育"已经够多了，春节可以好好放松一下，遇到冷不丁的"再教育"，怎能不反感?

本地朋友聚会时，常有这样劝酒的:"你这人太'老师'啦，多喝一杯也不行，话真难讲!""老师"在这里成了"愚拙"的代名词，不招人喜欢。

当老师的多少有些清高，看轻世俗上八面玲珑那一套，加上平日和孩子、书本打交道，心思比较单纯，为人处世不够圆滑变通也是有的。我认为，老师在社会应酬上藏巧守拙，淡然处之，省点精力和时间并不是坏事，但要在课堂的"小社会"里玩得转，就要顺应课改的"人情世故"，明目达聪、机智灵活，不可墨守成规。因为时代变了，课标变了，学生变了，他们的知识面越来越宽，见识越来越广，自我意识也越来越强，早已不再是听话的"提线木偶"。他们渴求平等对话的权利和个性成长的公平，老师必须跟着变，要目中有人，既能在课前运筹帷幄，又能在教学发展中随机应变，在有效的策划和调度中引领学生掌握和使用知识，释放个人潜能，发展核心素养，成就美好未来。过去捧着书本，唯我独尊，以不变应万变的学究型老师早已不合时宜，所以老师不可以太"老师"。

"世事洞明皆学问，人情练达即文章。"课堂是社会的缩影，核心素养时代的开放性课堂处处充满了生命活力，处处隐藏着有效生成的契机，老师要洞明"世事"，深究教书的学问，练达"人情"，做好育人的文章。

教书的学问不仅是把书教好，学生成绩好坏固然是大事，但多限于书本上的事，眼前考学的事，老师是权威，也许说了算。学生以后能做什么？能做到什么程度？未来的幸福如何？这是可持续发展的事情，最终是社会说了算，是"世事"。老师死守书本，不深入研究学生，不联系社会生活实际，不谋求学生发展，做的只是眼前的学问，传不了大"道"，解不了大"惑"，终究是功亏一篑。所以，老师不仅要读书本，还要读学生、读社会；不仅要读今天，还要读明天、读未来。读明白了才能把学问做大、做深、做透，把书教活，把人育好，立德树人。这是"世事洞明"的"学问"。

有老师吐槽说："现在的孩子难管，难教。"一个"难"字，反映了新时代下的"学情"新常态，老师融入其中，与学生情投意合，形成水乳交融的亲密关系便是"练达"。眼下，教师业已失去学术上的权威性，在学生自我意识高度觉醒的"人情"面前，滔滔不绝地诲人不倦会让人"厌倦"，盛气凌人地批评会引发抵触。过去玩熟了的短、平、快"短打"套路，现在耍起来已经不再灵光，要会玩"太极"。太极讲究缓慢轻灵、刚柔相济，善于以柔克刚、借力给力，内含东方包容理念，非常符合人体生理和心理的要求。用到教育上，它所主张的一切从客观出发，"随人则活，由己则滞"便是人本理念。

上海市学生德育发展中心曾对 2500 名在校大学生和各区县 460 名中学生进行调查："学生普遍有被老师关注、了解、沟通的内在需要与渴望。"他们眼中的好老师应该"富有幽默感，责任心强，尊重和关爱学生，和蔼、开朗"。调查结果凸显了建立良好师生关系的重要性。

尊重学生主体，营造民主氛围，平等对话，顺势引导，建构全新的师生互动关系，就是老师在"人情练达"上要做的好"文章"。

老师"世事洞明"了，"人情练达"了，变成不太"老师"的老师，课堂上就能左右逢源，得心应手。我在美术课上是这样做的：

导入新课抠字眼，创意激趣磁性粘。教学热身过门槛，点燃学情使劲煽。

学生主体放在前，主导跟进无休闲。时尚语言填代沟，机智幽默似聊天。

核心素养贴地面，联系生活总新鲜。校本内容巧镶嵌，鲜活素材随手拈。
天文地理找关联，不忘调料撒里边。巧妙处理重难点，启发引导有手段。
多媒体上多画面，该出手时不等闲。仔细观察善诊断，因材施教照顾全。
火眼金睛爱发现，总把亮点夸一番。预设当中巧生成，出彩作业随时展。
台上台下有转换，动静结合不呆板。师生角色换着演，小组合作满堂欢。
创意课程分单元，课后拓展余音绵。重视过程重实践，学以致用能助贤。
不把课堂当教堂，快快乐乐玩得转。立德树人看得远，打好底色谋发展。

老师客串为课堂活动的"导演"，学生合作的"推手"，问题探究的"助手"；变成了学生心灵上的"朋友"，发现才华的"伯乐"，欣赏展演的"观众"……才能更好地为学生加油充电，为学生呐喊助威，让教学辐射人性的温暖、散发智慧的光芒。

老师不太"老师"，是社会变革时代的升级更新，是核心素养背景下的华丽转身，是学校教育提质增效的基本保障。

教室是我们耕种的良田

离开学生，文字似乎缺少点体温和灵性，所以前几天写评论的语气是冰冷的，思维是直线型的。可能是外出开会，一周没有走进教室，写作就断了地气吧。

今天，外面大雪纷飞，走进教室却明显可以感觉到暖融融的气息。学生问："上周为什么不给我们上课啊？"质问的语气却透出亲切。"老师，我想你啦。"听起来让人肉麻，竟也受用得很。我时常想法子哄学生们开心，他们竟然也会哄一哄我，这应该叫作彼此温暖了。

其实，我这学期的课已经结束了，下周一就要进行期末考试，正好留点时间给她们看书复习。她们倒好，做十字绣的那叫用心，捧着手焰子听音乐的那叫专注，玩手机游戏猜成语的那叫着迷，低着脑袋看电影的那叫入神，就是没有一个看书写字的。职业学校的孩子比有钱人家的孩子更任性，平日我上课管得很严，他们没机会打理自己的事，今天没有教学任务，就难得放她任性一回，我也乐得装一装糊涂，让师生关系松弛一点，再那么认真就不近情理了。于是，我就在教室转圈子做个陪客，欣赏眼前的另类风景。

瞧，这么大幅的十字绣，不说要付出多长的时间和多大的耐心，但就这冻得通红的小手捏着的银针，在这冰冷的天气里坚韧地上下翻飞就足以打动人心，让我忽略了眼前的学生平时是多么不爱画画，平息了被她屡次不交作业惹起的恼怒。

戴耳机听音乐的学生端坐着像是个木雕，一动也不动，丢了魂似的。这会儿不见了平时课堂上百玩不厌的小动作，让我看着倒不习惯起来。传说中，音乐能够直透人的心灵，看来在洗心革面上也是颇有疗效的。

"叮叮当当"的，是看图看字组成语的手机游戏，她们玩得是那样专注和投入，每过一关都要兴奋地高叫一声，生怕别人不知道似的，那精神头比得了奖还来劲。

看电影的同学端着手机匍匐在桌面上，像是狙击手瞄靶子那样，眼睛瞪得滴溜溜圆，直视前方，似乎能放出光来。她们一律戴着耳机，不干扰别人。影院现在被装进口袋里了，随看随放，真是方便。

一个学生在做纸工，她把朵朵花儿做得像真的一样，据说是从网上学来的技巧。我看着眼馋，就充当小学生一样跟着学做起来：裁纸、折叠、翻转、再折叠，打开。学生教我很有耐心，也很细心，为回报她，我顺手剪了一个窗花相送。这窗花四条鱼间隔着四朵莲花，寓意"四四（事事）"如意、"连连（年年）"有余，形式上点、线、面的组合疏密相间，搭配均衡，看起来很美。旁边的学生见了，纷纷要我送一个给她们，我说："还是自食其力吧，我来教你们剪。"虽然手工课是另外一位老师的课，但眼看就要过年了，让她们学会，给春节增添一份祥和美丽，我越位一次倒也无妨。

学生们比平时认真多了，学得很快，兴趣不愧是最好的老师，她们不仅学会了基本造型，还学会多种变化来，无心插柳柳成荫。

在这节不算课的课堂上，学生们各取所需、各行其是，过得真的自由快乐。松弛的师生关系让我看到了每个学生身上闪光的地方。我想，在日常教育教学中，假如我们能够淡定从容一点，假如不那么功利和教条，假如能尊重每个学生的兴趣爱好，假如能创造条件让她们发挥自己的长处，那么我们的课堂一定会生动活泼得多，学生们的学习一定会快乐得多。

回到教室，像是农夫走在自家的田垄上，看着青青禾苗，呼吸着清新空气，我的思绪在瑞雪中活跃起来，憧憬着来年金色的希望。

义务送书画，美协爱乡娃

参加民生工程调研活动时，看到乡村小学的孩子们好奇地趴在窗口向外张望，顿生怜悯之心，深感留守儿童精神生活的贫乏。

后来，我在县美协办公室和刘立仁主席说到此事，提议美协能否组织一次"义务送书画进校园"活动，到乡村学校现场作画，开阔孩子们的眼界。因为学校缺少专业美术教师，美术课很难开起来，即使有的学校开课，限于乡村条件，国画课也没上过。如果组织美协的画家们去学校现场作画，将书画的种子植入学生的心灵，丰富孩子们的精神文化生活，一定很受欢迎。

刘主席听了后，不假思索就答应下来。我说："乡村学校可能连纸笔都没有，我们得自己带。"他说："美协义务送教是尽社会责任，乡村学校比较困难，包括车子都由我们自己带，活动结束回来吃饭，免得给人家添麻烦。"他接着说："你选一个学校，我们等天气暖和的时候就去。"

于是，我们就把送教对象定为肥东县"汉字书写特色学校"古城镇的杨塘中学。

5月22日上午，风和日丽，晴空万里。刘主席带领常务副主席谢维俊、办公室主任孟秀珍、常务理事梅小林，又邀请了县书协副主席张文荣、常务理事张玉太、原杨塘中学校长施军等一行8人驾车奔赴四十千米以外的杨塘中学。

到了学校，正好上第二节课。学校在教学楼前做了个简单的欢迎仪式，在校领导和师生热情的掌声中，活动拉开了序幕。

教学楼下，刘主席、谢维俊、孟秀珍、梅小林四人分为三组摆起了"摊儿"。不用吆喝，很快就里里外外围满了学生。他们平生第一次现场看画家画画，那好奇劲儿就别提了。刘主席画梅花，谢维俊画老鹰，孟秀珍画牡丹，梅小林画葡萄，只见四人气定神闲，布局谋篇胸有成竹，勾勒点染运笔自如，形神兼备气韵生动，水色淋漓韵味十足，看得学生如痴如醉。他们在零距离的观赏中，观赏着中国画的笔墨情趣，感受着艺术家创作的激情，领略了中国传统艺术的魅力，也激发了中国画的学习兴趣。学生的目光被画笔牢牢地吸引，甚至忘记了下课铃声。

旁边的一位老师对我说："农村里的学生，成绩好的都上城里读书去了，留下的大多成绩一般。平时上课，很少见他们这么全神贯注。"

此情此景形成了一道别致的风景。尤为感人的是，70岁高龄的刘立仁主席不顾天气炎热，挥汗如雨，在学生们的团团包围中，站着画了近两个小时，赢得了师生们由衷的敬意。

在不远的树荫下，还有一个书法"摊儿"，张文荣、张玉太和施军三人创作书法。只见毛笔在白纸上或龙蛇飞动、风姿多变，或收放有度、丰厚雍容，或柳骨颜筋、刚柔并济，学生围观的情形与绘画现场相似。不同的是书法创作速度较快，每人写了几张以后，再与学生互动，让学生代表现场书写，书画家进行指导。其中张玉太老师不仅对学生作品进行详细点评，还耐心地把着学生的手进行书写，让学生领会运笔的奥妙，足见其良苦的用心。

书画创作观摩之后，学生们被集中到校礼堂听微讲座。先是张玉太老师介绍书法艺术与汉字书写的区别，鼓励学生们在写好汉字的基础上进一步学习书法艺术，继承和弘扬民族文化传统。接着由我介绍从本地走出的几位有代表性的书法家，其中包括合肥市书协副主席、肥东县书法家协会主席张业建，安徽广播电台和电视台节目主持人张语，旅居北京的赵熙文他们的作品和业绩，通过榜样的力量启发和鼓舞学生。此后，又以泥塑、根雕为例，直观介绍了乡土美术教育资源的优势，鼓励学生利用身边的材料，勤动手、多创作。最后是学校黄校长热情洋溢地总结和答谢。

整个上午活动被安排得井然有序，内容丰富。时间虽然不长，但对乡村学生的影响应该是深远的。或许，这次活动就能点燃书画爱好者的心灯，照亮他们前面要走的路。肥东电视台、《教育信报》跟踪报道了本次活动。此后不久，我们又义务送书画到古城镇中心校，现场照片还被安徽省政府选用作为外宣材料刊载。

第三章　手中有器

阅读帮我圆梦

一个美术教师能够写出几本书来，在我们市里乃至省里都是极罕见的。我从小喜欢文学作品的阅读，考入中师后阅读面更广，读多了自然就想写一点，写自己的教育故事。这样不停地写着，越写越明白，越写越深入，在写作中研究，在研究中写作，在研究中实践。于是，合肥市第一个美术特级教师、第一个正高级美术教师、第一个享受安徽省政府特殊津贴的美术教师意外地出现在县城学校，而不是拥有更多资源的市区学校。

写作，无意中成就了我的教育梦，我要感谢一直以来文学作品的阅读。

因为阅读，我会重视教学语言的锤炼，力求准确生动，易懂易记。例如，用"前呼后拥"形容画面主次形象之间的关系，用"三个一群，五个一伙"形容构图上的疏密变化，用"高矮胖瘦"说明物体间的比例关系，用"左顾右盼"说明物象间的呼应关系，用"整容美容"比拟修改调整画面。我还借用时尚流行影视语言融洽师生关系，激发学生兴趣。例如，用"瞧一瞧，看一看，走过路过的不要错过"吸引学生观赏优秀作品的注意力，用歌词"跟着感觉走"引导学生相信自己的艺术直觉，用"该出手时就出手"鼓励学生大胆创造，用"得意忘形"形容中国大写意绘画的基本特征，用"五讲四美"概括"讲感觉、讲感情、讲个性、讲技巧、讲形式和构图美、技法美、节奏美、意境美"的创作要求。有时候还穿插俏皮的网络语言和乡村俚语，增强趣味，填平代沟，营造和谐快乐的教学氛围。这些形象化的语言既容易把问题说清楚，又方便学生记忆，很受学生欢迎。

因为阅读，我会把文学知识有机渗透进美术课堂。在指导学生美术创作时，借用作文的主题鲜明、布局谋篇、详略得当、首尾呼应等要求说明绘画中的构思立意、布局谋篇、主次关系、虚实处理，学生听起来通俗易懂。我指导的学生版画作品《在希望的田野上》在"安徽省首届中师生艺术节美术大赛"中获得了本市参赛作品中唯一的一等奖，作品表现的恰是金色田野中的一所乡村小学，用《在希望的田野上》来命名可以升华主题，符合时代主旋律。我还把诗歌与摄影结合起来，引导学生用诗歌来表现摄影作品的意境，如给满树桃花的照片配上短诗"十里飘香长堤下，满面粉妆报春华。轻歌曼舞唱艳阳，疏枝靓影入图画"。跨学科融合，图文结合颂扬美丽的春天。

因为阅读，我能把所见所闻、所读所感和所做所思用较为流畅的文字呈现出来，边实践、边思考、边写作。为此，我创建的网易博客因内容丰富、图文并茂，被评为安徽省六项电教作品一等奖，征文《装疯卖傻还赊账》被评为全国一等奖，论文获得省级评比一等奖 4 篇、二等奖 2 篇，在《中等职业教育》《少儿美术》等杂志上发表文章 50 多篇，出版《烛光夜话》《蹲下来教书》等教育随笔集 4 册。教育博客被中国教育新闻网推荐为首页热门博客。现在被全国优秀教育期刊《教师博览》聘为签约作者，在社会上产生一定的影响。

阅读，起于小学语文。语文属于基础学科，是中国传统文化的根和魂。它的工具性能够帮助我们加强教育研究的交流与沟通，提高教学教研的能力与水平；它的人文性又能帮助我们培养高尚的情感，陶冶审美情操，为专业化成长打上精神底色；它的包容性能加强不同学科与生活的高度融合，丰富教学内涵，提高教学的趣味性。新的高考制度将语文学习能力放在考量的首位，必将有利于学生的未来发展。我希望所有老师都要重视对学生阅读兴趣的培养。

老师的"软"话

职业学校很多学生常对教师义正词严的"教诲"充耳不闻，有时还伶牙俐齿予以反驳，或是嘻嘻哈哈地起哄，搞得教师哭笑不得，毫无"尊颜"。

面对他们，教师教学就要注重语言艺术。

人民教育家于漪老师说："语言不是蜜，但能黏住学生。"她一生钻研"用语言黏住学生"的方法，把每一节课都当成一件艺术品，语言艺术自古有之。

在《西游记》中，孙悟空大闹天宫，玉帝无奈请如来佛祖帮忙，如来佛祖到达天庭后，放下身份和架子主动和孙悟空攀谈，并先暗中肯定他的本事。在听说孙悟空狂妄地要篡夺玉帝的宝座后，不仅不生气，反而笑道："那厮乃是个猴子成精，焉敢欺心，要夺玉皇上帝尊位？他自幼修持，苦历过一千七百五十劫，每劫该十二万九千六百年。你算，他该多少年数，方能享受此无极大道？"看起来是批评指责，实际上是站在对方利益面考虑问题，赢得好感与信任，以利于平稳降服。可见如来佛祖语言的精妙。

良言一句三冬暖。面对"吃软不吃硬"的学生，说些"软"话就有必要。例如：

课前，教师看到学生赶着交英语作业，埋着头奋笔疾书。故作"吃惊"地说："这么多同学喜欢学英语，佩服、佩服啊！不过，美术课也很重要，准备课本，上美术吧！"学生马上收了起来，拿出美术书。

课上，教师见有人趴在桌子上睡觉，就说："人们渴望四季如春，今年果然是春如四季。下午又在降温了，从初夏又回到了春天，睡着了容易着凉，着凉了就会感冒发烧，赶快醒醒吧！"学生真的端正了身姿，看向讲台。

教师在黑板上示范，学生调皮地说："老师画得好丑。"教师回答："说得对，是不好看，看我后面怎么让丑小鸭变成白天鹅！"学生听了很受用，观摩更是目不转睛了。

作业巡视中，教师见有人在看小说，就温和地说："我也喜欢看小说，能否借我一用？爱读书是个好习惯，但最好是放在课余时间，先把作业做完。"学生自觉地收了起来。

做作业时，有个学生叫起来："老师，我画不好！"老师说："画不好也没关系，谁一次就能画好呢？老师也经常画错，可以边画、边改，逐步完善。"结果，她不仅画好了，还很出色。老师将她的作业捧在手上，展示给全班同学欣赏，把她高兴得眉飞色舞，下课了都舍不得离开座位。

在学生心目中，教师是强势的一方，而自己处于弱势地位，他们希望平等对话。如果老师示弱，等于给了学生平等交流的机会，学生就容易接受老师的意见和建议。

所以，平时和学生交流，不能随心所欲，直截了当，而要先绕个弯子，站到学生的立场去说，让学生爱听，然后再提出自己的要求，这叫以退为进。

通常，教师在说话时，看学生们反应不大，似乎没有关注。事实上，他们表面漫不经心，耳朵可都在听着，乐意了就反应积极，按要求做；不乐意时就消极懈怠——完全凭着心情好坏办事。我们不能一味责怪学生不听话，而要时常反思一下自己：我们说的话是不是中听，是不是让学生爱听。

《鬼谷子》："欲张反敛，欲高反下，欲取反与。"意思是：要想敞开别人的心扉，自己反要收敛言行；要想赢得别人的尊重，自己反要谦卑慎微；要想获取别人的好处，自己反要付出利益。这是为人处世的"套路"，也是换位思考的哲学，用在教育上则是生本教育思想。

本质上说，言为心声，教师的语言要处处充满对学生的尊重和关爱。

著名特级教师李镇西提出好老师有七个特质，第一条便是"亲和力"。他认为："有人一见到孩子，心一下便柔软起来，看孩子的眼神情不自禁就变柔和，言谈举止都让孩子觉得亲切、有趣、好玩，孩子就忍不住愿意听他说话，和他一起玩耍，这就是对孩子的亲和力。"李老师的亲和力是发自内心的爱，他甚至经常"不顾体面"地和学生一起欢笑嬉戏，在斗鸡、捉迷藏、玩鬼脸等游戏活动中赢得了学生的信任和喜爱。

有时候，在教学中遇到突发事件，教师的情绪管理能力就集中在语言艺术上，乐观开朗、幽默风趣的"软"话，能够"四两拨千斤"，缓解彼此紧张的情绪，化解矛盾冲突，维护正常的教学秩序。

教师说"软"话示弱，不仅不会降低自己的地位，反而因真诚、谦逊和富有爱心赢得了学生的尊重和爱戴，让师生关系更和谐，课堂上教学时其乐融融。

"国宝"的"一穷二白"

——和一位美术教师同行的闲侃

在省"国培"网络平台上，您的问话真是风趣幽默：

> 十多年了，学校只安排我教八年级美术，每届几乎都是五个班，另外代一个班语文。在我们乡镇，从幼儿园到小学到中学，只有我这么一个美术教师，可谓"国宝"，然而"国宝"也有"国宝"的无奈。面对"一穷二白"的学生，我甚至无所适从，因为学校对我没有要求，家长对我没有要求，学生对我也没有要求——面对"一穷二白"的孩子，我该怎样教？

字里行间，充满着孤独和无奈。我也曾在乡村工作十年，颇有同感，但回头看看，认为乡村教师在美术教育上还是能有所作为的，所以，想说说"国宝"和"一穷二白"的那些事，纯为娱乐。

"国宝"被忽略，实在是太可惜了，人生有多少个十年啊！一个乡镇"从幼儿园到小学到中学只有我这么一个美术教师"，物以稀为贵，还跨界活跃在语文和美术两门课的课堂上，这叫牛！

自从央视"鉴宝栏目"开张以来，全国各地掀起了古玩收藏的热潮，上至达官贵人、下到黎民百姓，都明白了"国宝"的价值，再有那个开办私人博物馆的马未都先生在"百家讲坛"上滔滔不绝，全民收藏热就开始不断升温了。收藏！收藏！全国大收藏！假如，把您"国宝"的才华"复制"给那些"一穷二白"的学生们，便是普度众生，师生共赢啦。学生、家长和学校都开心，您不也赚了口碑啊——金杯、银杯不如口碑！咱们这类美教的"少数民族"，这辈子想发财是不可能的了，但可以经营精神生活——口碑不就是精神上的吗？俺自己开心就好，对吧？央视著名主持人董浩常说："不怕做不到，就怕想不到"，咱们想到了，做起来就不怕困难了。

您说学生"一穷二白"，我不大信。

在我的印象中，乡村孩子的"白"，大约在冬季，他们被夏日晒得滚烫的皮肤也已冷却，慢慢恢复了原来的白皙——这是"白富美"的"白"。

学生"穷"吗？我不信。您把他们的口袋捏捏，保证都揣着钱。现在的孩子啊，谁家不娇生惯养？零花钱总是有的。家长们或做生意或外出打工，奔走在小康路上，物质生活大大提高了，学生们跟着就富了起来——开水不喝了，喜欢喝饮料；纸船不折了，爱玩电动玩具；草房不住了，住上了楼房……可以说衣、食、住、行、用都跟着升级了。就是连他们扔掉的垃圾，可能都是俺们小时候梦寐以求而不得的工艺品。学生"富"啊！

学生富了，有了经济基础，教学上该买的就得让他们买，这样做起码有三个好处：保证咱们在美术课堂上能玩得转；把钱用在点子上，免得他们吃了过多的垃圾食品坏了身体，影响健康；顺便让他们为国家纳点税，尽个小公民的义务。"三全其美"的好事啊！当然，贫富不均也是有的，可能还有部分学生没有"脱贫"，咱老师可以发动群众共同帮扶，或者动员他们去当回"潇洒哥"拾点破烂儿来弄弄，保证"好好学习，天天向上"，那不就"美"了吗？人家城里人还时兴把一些破烂儿变成艺术品摆在新房子里当宝贝哩！

人们对宝物是有占有欲的，爱在不言中。您说"学校对我没有要求，家长对我没有要求"，这是实话。应试时代，考分第一，谁在乎您那"玩物丧志"的雕虫小技，但在我来看，不在乎倒更自由，想做啥就做啥，自己说了算。说"学生对我也没有要求"那是误解，爱美之心人皆有之，学生只是"想说爱美不容易"而已，这"单相思"您就不曾觉察？学生的想法藏在心里，行为上也会露出蛛丝马迹，只是您先入为主，没有在意罢了。不信您去问问，想法可多啦！——至少，他们也想和城里的孩子画得作品一样漂亮，可惜限于条件学不来。

城里人就是"潮"啊：放着公园不逛，要跑到俺们乡下田间河畔瞎转悠；放着"肯德基"不吃，要跑到俺们乡下来捉土鸡。有钱的老板们乐了，搞起了"乡村旅游资源开发",美其名为"农家乐",招蜂惹蝶——世道变啦!人们不爱吃肉了,喜欢野菜,他们吃得带劲得很哩!看来俺们乡下的东西都成了宝贝。

在俺们美术课的"餐桌"上,能否也来玩点花样翻新,搞点小小的开发,或可美其名为"乡土资源开发",赶个时髦跟个风,把一些树叶、花草、泥巴、树枝棍棒啊做成风味独特的"农家土菜",俺们自己能尝尝鲜不说,弄个时尚的"文旅产品"还能把城里人"忽悠"一番,赚些小钱。就是送一点给他们,扯点人脉也不坏,反正是无本生意,只赚不赔。这里面的事情很多,做不完哩!

"无所适从"是因为心中无主,有了主张从头开始并不迟。您看呢?

好老师身藏"富矿"

今天观摩了瑶海区"教坛新星"美术比赛课，课题是《生肖的联想》，杨娟老师的课给人印象深刻。不必说饱满的激情、自然的教态、流畅的语言和清晰的思路，也不必说明确的目标、缜密的设计、重点的把握、难点的处理和信息技术的运用，反正优秀美术教师的素养基本都养成了。

课前入静之智。上课铃声响了，教师并不急着上课，而是让学生先"静一静"，让心静下来。此时无声胜有声，聪明的一休破解难题之前，不都是先入静吗？入静方能专注，方能敏锐，方能迅捷，方能高效，反映了执教者做事的策略和智慧，这是自身有过深刻体验者的觉悟。我也常让学生课前做几个深呼吸，过滤掉课下杂乱的情绪，不能行色匆匆，焦虑盲进。

导入新课之妙。疫情防控期间，教师作为外来借班上课者，先出于师生合作前的礼节，用酒精给自己的双手消毒，利用潮湿的指掌在黑板上压印出斜对称的水痕，让学生说说"像什么"，并上黑板画出来。于是，学生上去描画了个蝴蝶。这样做有以下几个好处：

平中见奇。疫情防控期间的常规动作被用在这儿就很不寻常了，那么自然，学生应对又那么轻松——联想本来就是自然而然的轻松事，这样的导课巧妙消除了学生在新课和众多陌生老师面前的心理压力，起到了很好的热身作用，利于快速进入角色。反之，如果一上手就把"联想"的概念弄得玄之又玄，那么很多学生可能会误入迷魂阵，容易胆怯泄气。

扣题严谨。联想即由此人、此事、此概念至彼人、彼事、彼概念，是一种由此及彼的思维活动，是架设在此物与彼一事物间的思维活动桥梁，这个"桥梁"就是因某种特征而由此及彼"联"起来的。斜对称的手印与蝴蝶张开的翅膀相似，所以学生自然画出蝴蝶来。

铺垫巧妙。学生画完后，教师再说出自己的联想，并画出一只螃蟹来，把四指描为腿，拇指描为眼，别有情趣。她补充说明了每个人生活经验不同后的联想不同，鼓励大家发散思维，相信自己的图像识别、审美感知和创意表现能力，为创作做铺垫。这个新课导入，与一些貌合神离、牵强附会的新课导入相比，设计得天衣无缝，令人叫绝。

学习任务之明。教师在新课探究之始，引领学生明确联想的概念和特点以后，随即说明本节课要完成的任务。用白板推出"联想"两字，这样做就让学生心中有了底。著名特级教师魏书生的"六步教学法"中，首先就是"定向"，让学生明确目标和任务。魏瑞江老师也喜欢这么做，如他在《我的手——写生》一课中，首先告诉学生："今天我们就来画画我的手。"学生任务明确了，知道了具体要做什么，做到什么程度，不迷茫就容易建立信心。

认知思维之清。在引领学生探究联想的方法时，教师先指明从整体特征到局部特征的联想路径，接着说："不用讨论，每个人的感受不一样。"这句话看似漫不经心，却反映了教师基于对学生深度了解后的点拨，使之不盲目地从众讨论。识事明理，是多年修炼的个人素养；让学生明白，教师当然首先是"明师"，这也是很多教师难以企及的。

即兴生成之趣。在引领学生探究十二生肖的特征时，教师设计了一个判断、分类环节，一学生上黑板用力过猛，把撕下的纸条丢到了地上，这颇为夸张的动作被教师及时捕捉了："这个同学很暴力！"引起学生们大笑，活跃了课堂气氛。幽默的提醒明显有了作用，学生马上俯下身子把纸条捡起来。教师不失时机地补充道："还很率性，环保！"给了学生表扬和激励。即兴生成闪耀着教师温暖的智慧之光。尹少淳教授十分看重美术教师的机智幽默，曾在世界华人美术教育大会上作为专题提出。

板绘图像之精。美术教师的板绘是专业基本功的展现，教学行进到探究具体物象的特征时，教师牵着线条散步，边讲边画，寥寥数笔蟠龙即现，笔法精炼，呼之欲出。尤其是用白粉渲染的一双龙眼，在深灰色黑板底子上似乎放出光来，画龙点睛。教师是活的课程，教师的示范对学生的学习兴趣和表现欲会产生巨大的影响。同时，教师的粉笔字书写也很规范，值得肯定。

现在很多教师在公开课上爱用美术剪贴字代替板书，华而不实。我认为美术教师要写好汉字，给学生做榜样。

语言表达之净。平时，不少美术教师语文底子比较薄弱，在教材审读上抓不住目标和重难点，教学语言含混不清，学生听起来是丈二和尚摸不着头脑，结果答非所问，有时还无端遭受批评打击，伤了自尊和自信。这节课的语言表达十分干净，包含三层意思：

准确。在概念解析、学情研判、教学评价等方面语言表达十分准确，展示了良好的语文基本功和艺术理解能力。

凝练。说话没有重复啰唆，没有"嘿哈"不良习惯，一句到位，明明白白；与学生对话简洁流畅，无障碍沟通和交流，把口语录下来稍做整理就能成文。

果断。教师说话胸有成竹，简明果断，毫不迟疑，不吞吞吐吐，这是教师语言基本功。这堂课话如其人，精明干练，教师的每一句话都经得起推敲。

总之，这节课的备课和上课是"静"的，善推敲，善捕捉，能深入，不浮躁。教师的教学设计也是严谨的，重难点把握准确，若删除部分环节，多留点时间给学生就更好了，此处不再展开。

在新的艺术课程标准尚未实施之前，美术学科五大核心素养"图像识读、美术表现、审美判断、创意实践和文化理解"的落实，关键要靠教师主导作用的有效发挥，其中教师素养起着关键作用。据说，这一课是参赛选手赛前一天下午现场集中抽题准备的，仓促的备课中能做到这么精到细腻，足见教师日常在综合素养上的积极修为——身藏"富矿"啊！

"贪玩"的好处

我喜欢玩摄影、根雕和石头，是个"贪玩"的人。摄影之美比较容易被接受，根雕和奇石里较深的寓意学生就不大懂了，在他们眼里，看得像的就是好的，越像越好，难以理解"意像"之"像"。比如，奇石"吾日三省吾身"：一个坐着的人，手托着下巴，身体前倾，精神内敛，人物动态特征比较鲜明，但缺少五官细节，是"大象"之像，没有一定的生活阅历和艺术素养，的确难以理解。

我这半百老人，翻过许多闲书、看过许多闲图、见过许多闲事，多年的思想积累和沉淀，瞬间投射于根雕、摄影和石头之中，这些泡在"快餐"文化中长大的孩子们如何能够"一见钟情"，心领神会。

美图中的奇思妙想源于灵感，灵感源于实践和思考后的发现。待物如此，为人也如此，教育教学更是如此。

教师在教育学习、实践和思考中有了积累和沉淀，就能练就一双发现的眼睛，察言观色，问诊判断，做个识人、识事、明理的行家；因材施教，雪中送炭，成为指引学生成长的贵人。如果教师的知识短缺、阅历有限、思想浅薄、理念落后、情感冷漠，一叶障目而不明事理，就起不到指路明灯的作用。

例如，美术教师本专业知识零碎、业务不精，一方面无法把握艺术真谛，指导学生只能是盲人摸象，凭片面的了解或局部的经验乱加点评，常常误导学生；另一方面，美术教师不懂得数学，作业指导只强调想象和创意，漠视学生作业中表现的逻辑关联与严谨思维，不能给学生恰当的鼓励，也不利于学生的发展。

苏霍姆林斯基说："教育工作的实践使我们深信，每个学生的个性都是不同的，而要培养一代新人的任务，首先要开发每个学生的差异性、独立性和创造性。"教育最大的前提条件是因材施教，即充分尊重个体的差异性。

现实很不乐观。中国关心下一代教育研究院副院长、全国教育专家委员会会长冯恩洪说："今天课堂最大的问题是，我们给有差异的孩子无差异的教育。"出现这个结果的原因，除了应试教育的影响之外，就是教师的兴趣不够广泛，眼界不够宽广，认识比较狭隘，难以应对核心素养时代的学生发展需要。

东北师范大学教授于海波认为：教师在课后服务中不仅要辅导答疑，还要"为学有余力的学生拓展学习空间，开展丰富多彩的科普、文体、艺术、劳动、阅读、兴趣小组及社团活动，完成更丰富的教育、教学和指导工作，成为'全能教师'"。

这与前些年教育界主张的"教师跨界发展"不谋而合。授业、解惑早已不再是教师的专属权利，传统的专业"边界"正日渐模糊，学科教师必须打破学科狭隘的专业壁垒，实现跨界生长。人民教育家于漪老师出身于历史专业，她深厚的历史学养为语文教育奠定了坚实基础。特级教师窦桂梅从小学音乐课起步，尝试着将语文教育与音乐教育融为一体，形成了独特的教育风格，后来又将绘本与语文教学结合起来，开辟新的教学路径。学科教师要从传统的知识工作者转变为学科育人的专业工作者，需要广博的知识和开放的视野。

所以，教师要从大学的"无差异教育"中解放出来，在生活和教育工作实践中拓展自己兴趣爱好，博爱、博学，一专多能，才能左右逢源，配就打开学生心灵窗户的钥匙，适应新时代的需要，发现和培养更多的人才，圆人之梦。

当然，我喜欢的写写画画、根雕摄影之类只是在玩法上的变化，算不上跨界，但对于教学一定是有好处的，对吧。

"逃课"的妙处

说学生逃课，那是常有的事。说老师想逃课，您听说过吗？

在中职学校里，很多老师都有逃课的冲动，尤其是刚开学或是小长假后，学生们本来就没啥学习欲望，在假期的吃、喝、玩、乐、睡中还没有清醒，老师走进课堂那叫作活受罪，总想一逃了之。

上午，第一节上课铃响后，走入班级入目皆是闲聊的、玩手机的、吃东西的、梳头照镜子的，学生的眼里什么都有，就是没有教师。教师走上讲台不得不用高八度的音调吼一声："上课！"才换来稀稀拉拉的起立，当然必有几个无动于衷的；没等你还礼，学生又稀稀拉拉陆续坐下了，再各玩各的，就是不拿书本。这情景等于给教师的热情迎面泼了一瓢冷水，凉到心里。

招生难那些年，学生们本来就是学校三请四邀，甚至托关系邀请来的"贵客"，他们不满意可以随时换学校，得罪不得；而且，二年级的学生算是把学校和老师们的游戏规则看透了，变成了"老江湖"，他们甚至知道某校"混混"多，谁也拿他们没办法，更是我行我素。学校也希望教师别惹是生非，"留住人"才是硬道理。我带的班就有两人是从别的职校逃来的，说人家"管得太严"。因此，很多老师只好睁一只眼闭一只眼装糊涂，课堂纪律没有保障，老师没了尊严，人在囧途，心累。

我也想逃，但责任所在逃不了啊！只好换了个"逃"法，跟学生玩玩"翻转课堂"的游戏，让学生讲课，我做学生。我把本课植物简笔画中的两个知识点"植物特征的形体结构概括""植物简笔画的简化与省略"分成两个微课题，给学生10分钟时间"备课"，要求他们仔细把书本看一遍，图文对照，明确一个目标，抓住几个关键词，理解了，画熟了，然后上讲台边讲边画，录制下来做成微课。这种玩法很新鲜，学生们都愿意试试。

如此一来，上课的任务就挪到了学生头上，我"逃"出来了。"备课"的时间很快结束，该学生"上课"了。第一个"吃螃蟹的人"该是谁呢？我让大家举手，教室鸦雀无声，没有一个主动的。那就"点将"吧，先让班长H同学上。她是个性格外向的学生，平时爱说爱动，机灵活泼，让她带个好头很重要。掌声中，她笑呵呵地走上讲台。

我坐上她的桌位当学生观课。只见她先是板书微课题"植物特征的形体结构概括"，然后讲授新知识，讲授过程中，她还不忘提个问题"什么是形体结构？"来让同学回答，搞个"师生"互动；见有同学做小动作，她又不忘大声提醒一下"请专心听课！"及时维持教学秩序。总体来看，关键词被她把握住了，知识点"如何概括"讲得比较清楚，只是语言有些重复啰唆。讲完了她开始示范，边画边讲，可能是因为紧张，或是对自己要求过高，画了一遍，觉得不满意，擦掉，重新再画一遍，非常认真。

示范结束后，她准备回座位。我笑道："老师，你走了，我们干什么？"她没有反应过来，瞪大眼睛诧异地看着我。我说："你现在是老师啊，教完了不等于课就结束了吧？"她回过神来，连连点着头说："是的是的，还要布置作业！"我说："对，布置作业、巡视指导、作业评价都要有。"

于是，教学进入下半场。她说清作业要求后，就走下讲台边巡视边给同学指点，还真有模有样。最后是作业评价环节，她找了两张认为画得好的举起来，"兜售"起来："瞧一瞧，看一看，走过路过不可错过。"——哈哈，把我的"绝招"学去了。课上完了，掌声又响起来了。

学生的掌声对她是最好的肯定。我做了简要的点评和鼓励后，第二位同学上台讲课显得更认真，只是讲课中多了不少反复，是怯场造成的，以后经常锻炼就行。

教师的一次"逃课"，给了学生做老师的机会，给了学生责任与担当的体验，这种"逃"法很有趣味，也很有意义。中职学校必须面对学情大力实施课堂教学改革，不能再以本为本，以师为本；而要以生为本，把学习的权利交给学生，充分调动学生主动学习的积极性。教师不可以逃离课堂，但可以走下讲台，让学生做主角。因此，教师是可以"逃课"的，"逃"而不离是最好的选择。

会 "玩" 的 "拾荒人"

2013 年 12 月 21 日上午，校办公室陈老师打来电话，说合肥报业集团的记者要采访我。我不明所以，让她把对方电话号码转给我，先电话联系一下。

原来是《教育信报》记者吴晓岚浏览了我的博客 "拾荒者"，看原创的教育随笔、根雕摄影内容丰富，相中了我那积极乐观的工作态度，丰富多彩的生活面貌，已经把我的博客推荐到 "合教网" 首页 "教育名博" 栏目，现在想为我写篇文章刊登到报纸上。聊了一会，她有采访任务要出门，加了我好友，说回头再联系。

下午课间，我在办公室和同事聊到这事，有人说现在很多报社发稿都和经济利益挂钩，宣传学校和个人要收版面费——原来是这样的？我也不想出什么风头，就没把这事放在心上，逐渐淡忘了。

过了几天，吴晓岚记者又来电话，说她因事务多，没有联系我，打算到肥东来当面聊聊。我说不用了。她问我为什么？我婉转地说："我一个普通教师，没什么可写的。" 她急了，赶忙说："您的事有教育影响力，很值得写一写！发表以后会影响更多的人。" 见她还不放弃，我也不客气了："要版面费吧？"

"怎么可能要您钱呢？您放心，这是我们报社定的计划，不是我个人的意见。"

这样一说，我才同意，决定把采访的时间定在第二天下午。于是，吴记者和执行总编、资深媒体人罗从旺一道来了肥东，我们聊了很长时间。

罗总编是军人出身，言谈举止旷达开朗中透着睿智和机敏，他力挺我滚动在博客顶部的文艺人生观，即 "艺术 de 活，活 de 艺术"，特别欣赏我自诩

"老顽童"的那些"玩"法——玩根雕、玩摄影、玩博客、玩笔墨游戏，甚至把教学也当作轻松愉快的乐事去"玩"。

大家聊得很愉快。罗总编想把稿件定性为教育名家介绍，被我否定了。我只是个普通教师，仅在教育上有自己的想法和做法，生活上有自己的玩法而已，与名家相去甚远。我提议，调子定到"玩"上——就说课余时间怎么"艺术"地玩，在"玩"中如何享受生活的事儿，或许可以让众多被职业倦怠困扰的老师们借鉴一下。

很快，吴晓岚记者把稿子写好了，发了一份给我——别看她文文静静的不太说话，文笔可了得。

她是个细心人，听说通过我牵线搭桥，我们县美术家协会准备到杨塘中学举行"义务送书画进校园"活动，嘱咐我一定要提前告诉她活动时间，她要跟踪报道，我们当然求之不得。此前，县美术家协会也是我牵线送教到古城小学，由刘立仁主席亲自带队，自带车子和笔墨纸张，现场画了很多画，引起师生围观，对学校精神文明建设起到推进作用，就是没想起来请媒体做报道，发挥更大的影响力。

很多年轻的美术教师告诉我：应试教育一统天下，美术学科一直被边缘化，连美术教师也被歧视，有的人干脆转行教语文、数学或英语，但我坚持做自己喜欢的事，乐在其中。这么多年来，学着、教着、玩着，用"玩"化解烦恼，用"玩"享受教育，做博客便是"玩"之集成。

虎虎生威莲生香

2022 年 1 月 4 日，包公镇政府黄燕飞主任突然打电话找我，说合肥市电视台生活频道记者陈菓，在包公镇寻找有关包公廉政文化教育的案例，他推荐陈记者联系我。

我和黄主任是在 2020 年 10 月认识的。当时我带工作室团队送教到包公镇包公学校，课题是《包公家宴》，黄主任也去听课了，对此次活动甚为赞赏，随后还写了通讯稿发至国家级媒体"学习强国"等处做报道。我们工作室正在做地域优秀传统文化美术课程开发，包公廉政文化系列课程是重中之重。宣传包公廉政文化也是我们的义务所在，我同意采访。

问题是，学期就要结束了，过几天即将放假，送教下乡显然不可能。我问了团队成员，看谁能上一堂课接受采访，可没有人回应，大约是时间太仓促，他们应对不了。我不想把这件事拖到春节以后，幸好自己还有周一的最后一次课，准备让学生做迎新年窗花剪纸。2021 年春节前，我们做了牛年窗花迎新，被《江淮晨报》《合肥晚报》和《安徽商报》报道，学生积极性很高。这次我们还做窗花让他们来采访拍摄，学生也可借机在市级电视台亮一亮相，丰富社会阅历，获得激励和鼓舞。

就这么干！

恰逢周末，我被抽调到市教育局做教师资格认证的考官，下午赶到合肥市工业学校报到参训。晚上，回到旅馆后，我就独自一人边散步边构思。

包公出身于合肥肥东包公镇小包村，是"廉洁""廉政""廉明"的代表人物，肥东县政府正着力打造"廉文化"品牌，这是背景。我们合肥市通用技术学校校歌的第一句是"包公故里，巢湖之滨"，把校园文化、年文化和廉文化融入一张窗花之中，真是个不错的创意！

采访活动可以作为工作室包公廉政文化资源开发课程的第三课（前面两课《包公家宴》《包公脸谱》已完成授课和研讨），就请工作室的小伙伴们也来参加吧，小范围公开。

兵马未动粮草先行。出差前，我已经买了四十张红纸备用，学生也有铅笔刀，工具和材料不用担心了。学生能否当堂做出来呢？她们迫于毕业对口升学应试，一直停在绘画课程的学习上，很长时间没有做剪纸了，手生。我决定远程指挥，先找个学生现在就做一张试试。

于是，赶紧打电话给 19 级 15 班的何露露同学，让她按要求做出来发我看看。结果，何露露很快就发来了她的习作，折纸、画稿、剪刻共用了 32 分钟，可真行。

一般公开课并不限于四十分钟，两节连堂是常有的事，但连堂课会耽误记者和听课者过多时间，如果利用第二节课来上，延长一点时间到大课间完全可以，学生能做完作业，又能让老师们听完课。

因为班级学生水平参差不齐，要让全班都能完成，还得做好细致的准备工作。不少学生平时较为懒散，又是周末时间，肯定不会重视这件事，先打个招呼是有必要的，我在班级学习群里发了通知，希望大家有所准备。

周日晚上回到学校，问学生准备了没有，哪知道她们全在琴房练琴，并不在意——第二天就要上课，不练一下可不行，这和平时不一样，有媒体在，要出效果。我就赶紧把住校生找到画室做动员工作，让所有学生真正重视起来，先预习一下。

第二天，除了工作室成员，校长和部分老师也来了，教室里热闹得很。学生的表现让人满意，专心听课，大胆发言，精心设计，细心剪刻，作业不仅做得完整，还各具创意。有两位同学代表接受了采访，最后大家捧起作业集体合影，整节课在学生们齐声新年祝福中完成。这一节课，是我校有史以来唯一被市级媒体完整拍摄的一节课，学生能上电视展示才艺，是一件多么自豪的事情。这次活动对她们的成长一定有着很大的激励作用，或能让她们终生难忘。

博学，审问，慎思，明辨，笃行

吴蓉老师说工作室要做个博物馆教研课，让我参加观摩研讨，我欣然应约。原因有二：一是好奇，因为开创了本地博物馆美术教研活动先河；二是佩服，做这样的研讨课前后需要花费很多精力，场馆踩点、学生组织、善后工作等都需要教师亲自安排。虽说中央美术学院郑勤砚博士在我国一直力推美国式博物馆艺术教育活动，但本地学校开展这类教育实践活动很少，这次正是个学习机会。

早上，我按吴老师给的定位，进入源泉徽文化民俗博物馆，穿梭于层层叠叠、密密匝匝的海量徽派民俗收藏作品中，宛若穿越时空，回到几百年乃至千年以前，直接与古人对话——虔诚敬畏，探究学习就成了主动自觉的行为，这是博物馆研学的妙处。

源泉徽文化民俗博物馆藏品6万余件，徽州石刻、徽州古建筑、木雕砖雕、楹联匾额、民俗用品等琳琅满目，教师教什么、怎么教，学生学什么、怎么学就显得重要了。

第一项活动是吴蓉老师授课。

吴老师从世界文化遗产的视角引领学生将目光聚焦于徽州古建筑和三雕特色上，通过参观经典木雕、石雕、砖雕和标本式的元德堂古建筑，从小到大，从外到内，从局部构件到整体结构，从实用功能到文化内涵进行引导，让学生认识徽州古建筑的价值、意义和独特的美学特征，领略古徽州人的智慧并为之骄傲和自豪，思考古建筑保护与文化开发的责任担当。

教学采取了任务学习单和讲解双向引领方式，在设疑中研究、理解、内化、释疑，在图像识读中实现对传统徽文化形式与内涵的理解和认同，研学设计目标指向明确、重点突出、内容精炼，观摩、解说、思考、答题一气呵成，对馆藏资源与师生能动资源进行有机整合和有效利用，展示了教师"不教而教"的教育智慧。

治学当"博学之，审问之，慎思之，明辨之，笃行之"。无疑，吴蓉老师的课不仅践行了 2500 多年前中华圣贤孔子的教学思想，契合着《普通高中课程方案》（2017 年版）中提出的"以学科大概念为核心，以主题为引领，使课程内容情境化，促进学科核心素养的落实"的教育观，践行着核心素养下的新理念、新策略，改变了"知识点的灌输式教学"，走向学生价值观念、必备品格和关键能力的培养。

第二项活动是合肥三十五中刘正飞老师授课。

与吴蓉老师温文尔雅的教学方式不同的是，刘正飞老师则直接穿戴汉服气宇轩昂地"从汉朝走来"，一手把学生拉进大汉王朝的文化情境中。

刘老师把研学目标放在对汉代画像石内容与形式的研究上。汉朝是我国历史上一个伟大的朝代，汉代画像石如同商周青铜、南北朝石窟、唐诗、宋词一般，都是我国文化艺术史上的杰出代表，尤其是汉代沉雄博大的雕刻与绘画艺术正是大汉雄风的象征，与我国当代大国图强的社会风貌非常合拍，更易于学生学习理解，更利于学生树立文化自信，可见他的选题是别具匠心的。

在他的引领下，各组学生带着自己的学习任务观察查阅、分组研讨、梳理记录、宣讲对话，在读与思、聚和散、动和静、说和做等多样活动中充分展示着学习主体的智慧，真正体现了生本教育的价值观、伦理观和行为观。

课中设计的藏汉对比、汉唐对比、中外对比问题学习单，显然加强了学生对汉画特点和时代风尚的理解，而通过藏画的引入激发藏族学生的自豪感，通过学生动作模仿体验古人生活情趣，通过草木人格化来诠释传统艺术中象征手法的运用等都反映了刘老师理念之先进，眼界之开阔，学养之丰富，教法之灵活，用心之良苦。

博学、审问、慎思、明辨、笃行也是刘正飞老师治教方略的写照——开拓、创新、勤奋、钻研、睿智，他在扎扎实实的教学和研究中走近名师。

我认为，这次博物馆研学活动意义如下：

启迪智慧。博学，审问，慎思，明辨，笃行，授人以渔，启迪学生的学习智慧，帮助他们领悟学习真谛，开启"读万卷书，行万里路"的传统文化学习之旅。

示范引领。作为全国现场课比赛一等奖获得者，合肥市"三名工程"中首批名师工作室的领衔人吴蓉老师的示范课，对其工作室成员在地方传统文化课程开发上的示范、引领作用是巨大的。

辐射带动。开拓创新性的博物馆研学活动对常规研讨、展示、竞赛课活动中的"秀课"积习将产生冲击作用，其辐射、带动力能够促使我们突破传统教学理念和方式的约束，改变教风，做"真教研"，教"真美术"，并越发珍视身边自然和文化资源的价值和开发利用，创建地域文化特色鲜明的校本美术课程，提升学校美育品质。

心中有"数"奔着美

我们时常用"心中有数"来表示自己了解情况，处理事情有一定把握。我在绘画教学中，也要学生做到心中有数，就是用带有数字的关键词来归纳学习要点，简明易记。举几个例子：

举一反三。在学习头像默写时，如果学会举一反三之术，就能省去很多时间，提高学习效率。包含不同年龄间的相互转换：记熟了一张侧面的老年头像，抹去额头、眼角、嘴角皱纹，多画一些头发，眼睛、嘴巴和脸颊饱满一些，就可以把老年人变成中年人；用同样的方法，又可把中年人变为青年人。在变化过程中，人像的基本比例、结构、神态等质性特点可以保持不变，这样记住了一张头像也就等于记住了三张头像。不同性别头像也可相互转换：记熟一张女青年头像，眉毛浓些，面部结构强调些（也可略添唇髭），画出喉结，再把发型改变一下，就成了男青年头像，反之，也可把男青年变为女青年。头像写生或默写要仔细研究不同年龄、不同性别的人物特征和表现方法，这样才能做到得心应手，举一反三。

进退两难。画素描头像要注意虚实关系的处理。实的地方要鲜明突出，在对比中向前推进；虚的地方要概括减弱，让其后退，做到主次清楚、虚实相生。主体部分与明暗交界线刻画得要实，要进；反之，则退。在局部刻画上，眉毛的突出处要进，两边则退；眼睛突出处（一般为眼球突出处）进，眼角则退；鼻子的鼻头进，鼻翼和鼻孔后退；嘴唇的突出处进，唇裂、嘴角后退等。实与虚、进与退都是相对而言，画者可根据角度、光照和表现的需要进行相应的艺术处理。次要部分必须退，退是为了主要部分的进。绘画写生或默写时能做到进退自如不是很容易的事，学生只有通过长期扎扎实实的训练才能做到。

三点两线。绘画写生要注意画好"三点"和"两线"。三点指特点、重点和要点，要画出对象的形态、动态、结构、表情、色彩、质感等特点，要抓住能够表现对象的重点部分（主体部分）进行观察和表现，对要点部分进行充分刻画，力求事半功倍；两线指轮廓线和交界线，物象的形态、结构特征首先是通过外轮廓和内轮廓表现出来的，观察和表现时首先要抓住轮廓特征并加以表现，交界线是物象的结构线，是面与面的交界处，如亮面与灰面，灰面与暗面，找到了面的交界处就容易准确地表现物象的结构和体积。盲目则收效甚微，因此教师要培养学生养成善于观察、比较良好的学习习惯，提高学习的有效性。

四面八方。初学绘画的学生思维容易固定在二维平面上，三维空间意识不强。无论是素描或色彩，教师都可以用"四面八方"一词来引导学生观察和表现形体的空间体积感。四面指上下左右四个面（除了和画面平行的前、后两个面），这是整体、概括的观察表现方法，要在平面上表现出向四个不同方向展开的面；八方指无数个方向，复杂的形体是由无数个不同形态、大小和方向的面构成，只有找到了这些面与面之间对比与协调的关系，才能精确地表现出形体特征，画面才具有空间体积感。

五体投地。个体，每一个对象都是一个独特的个体，要善于抓住其主要特征。整体，画面构图要完整、色调要统一、主次要明确、虚实要得当。主体，处于中间部分的主体要突出，表现要充分。具体，主体部分的形体、结构、明暗、色彩等特点表现得要具体、细致。得体，虚实表现要得体，要点部分和非要点部分的处理都要得体。

五讲四美。五讲指讲感觉，把自己独特感觉表现出来，不要为了画而画；讲技法，学习、研究绘画表现的技法，提高表现力；讲形式，运用富有美感的艺术表现形式来表现客观现实；讲个性，果敢地表现自己的独特感受，不要因技法生疏而胆怯；讲情趣，把个人情感和绘画意趣表现出来。四美指意境美，让主观上的"意"与客观上的"境"巧妙结合；气韵美，让绘画的内在神气和韵味洋溢着鲜活的生命之气；节奏美，让画面的主次关系、虚实处理、疏密变化等具有节奏和韵律美；肌理美，让绘画的材质、笔触等自然因素呈现出独特的美感。

十全十美。评价学生作品提倡多元化，不追求十全十美，但从美术本体上讲，还应该有一个可参照的造型表现与审美经纬度，便于引领学生去学习和提高，概括起来包含：十全，即构图、造型、比例、结构、透视、明暗、体积、质感、空间、虚实；十美，即造型美、色彩美、节奏美、统一美、对比美、质感美、线条美、自然美、个性美、情趣美。

学习"三部曲"——掘进、重复与拓展

在"头条"上刷到国际知名画家、作家、教育家、演讲家刘墉先生关于读书技巧的视频，颇有同感，随机转发。因视频简短，介绍简要，有朋友问具体在学习上如何操作，故作短文以发扬光大。

一般认为，天赋在人的学习成长中十分重要。有的人博闻强记，过目不忘，学习进步当然快了许多，靠的是天分；但大多数禀赋一般的人，要靠勤奋。勤奋就是苦干，只苦干不巧干又难以成事，这里要介绍的就是巧干中的一种"笨"方法，包含掘进、重复和拓展三个方面内容。

预习要掘进。掘进，泛指煤矿进行巷道的开采与挖掘，这种操作和新知识的学习模式十分相似，具体要求学习者对教材内容一字一句、一段一节地研习、咀嚼和消化。如数学课，学习者要从每一小节的标题开始逐字逐句研究，从前至后按顺序对导语、简述、定义、定理、公式、例题、小结等内容进行"抠字眼"式琢磨，重、难点部分要用铅笔圈出来，力图吃透教材内容，理解编排思路，熟练掌握解题技巧；然后再通过跟课练习题检验得失，巩固与强化，把练习题与教材内容对应起来研究以后，就能够揣摩出书本出题的用意，就基本把某一节内容学透了。这儿说的是预习，其实也可用到阶段考前的复习中。

复习要重复。大家或许熟悉农村舂糯米做汤圆那些事：把泡好的糯米阴干后，放臼窝里用石锤反复舂，然后过筛，细的筛下去，粗的再放回臼窝里反复舂，再筛……如此反复，直至把糯米全部过细，去除杂质。刘墉先生说的重复也是这么回事。某一节内容在掘进式研习后，不要急着进入下一节学习，而是从头再仔细过一遍，在查缺补漏、加深理解的同时加强记忆，这就是重复。德国哲学家狄慈根说："重复是知识之母。"人的记忆是有限的，若不及时复习很快就会忘掉，很多有成就的学者都是有着很强的记忆力，重复就是为了形成好的记忆。

德国著名心理学家艾宾浩斯在1885年出版了《关于记忆》一书。书中发表了他对遗忘现象所做的系统研究，并把实验数据绘制成一条曲线，称为艾宾浩斯遗忘曲线。这条曲线告诉人们在学习中的遗忘是有规律的，遗忘的进程很快，并且先快后慢。观察曲线，你会发现，学得的知识在1天后，如不抓紧复习，就只剩下原来的33.7%。随着时间的推移，遗忘的速度减慢，遗忘的数量也就减少。

遵循艾宾浩斯遗忘曲线所揭示的记忆规律，对所学知识及时进行复习，这种记忆方法即为艾宾浩斯记忆法，可以极大地提高记忆效率，让学习产生事半功倍的记忆效果。当然，重复并不限于对某一小节的预习，还要用到章节的复习上，用到整本书的复习上。例如，第一章分为5个小节，复习时从第一小节的内容开始看，看完后重复，再看第二节；第二节看完后，再从第一节看到第二节结束，然后再看第三节，如此重复继续……第一章看完后再看第二章，反复循环。

起初预习或复习时，速度相对较慢，但几遍下来便会心中有数，眼到之处就能会意，越看越快，越记越牢，甚至散步时，大脑也能像放电影一样逐个章节地呈现整本书内容，让知识链异常清晰明了。这种方法看起来笨拙、耗时，但符合记忆规律，前后知识容易在牢记后消化贯通，灵活运用，等于掌握了解题的钥匙。反之，不吃透书本，盲目做题会耗费大量时间，事倍功半，得不偿失。

课外要拓展。学以致用，中小学生为了应考，课本内容当然是吃不饱的，还要借助课外学习资料进行强化训练，这就是学习拓展。我认为，选择课外学习资料首先要精（如数学），专注于一套好资料的练习，其训练内容紧扣课标（考纲）和书本，循序渐进，综合性强，难度适中，着实能够训练人的思维能力；在此基础上，如果学有余力，再选择第二套……反之，贪多嚼不烂，常常事与愿违。

所以，拓展训练也是讲究技巧的。刘墉先生说他"功课不怎么好"才用了此法，但"方法挺管用"。记忆好、悟性高的人或许不必生搬硬套。

把"中国红"烙进心里

——听送教课《五星红旗迎风飘扬》有感

工作室地方优秀文化资源开发课程，从《包公家宴》《龙城故事》到《艰难困苦，玉汝于成》，已经上了三课，《人民日报》、学习强国、人民网等国家级主流媒体都分别做过报道，在全国产生了广泛影响。

这节课送教到古城镇杨塘学校，也是由我策划，工作室成员吴孝文老师具体设计并执教。因为国庆节前夕，加强爱国主义教育正当时，一节课，可以把五星红旗插进学生的心里，让他们终生铭记。

下面，我想用八个"度"来概括听课感受。

课程理念藏"大"度。2020 年，中共中央办公厅、国务院办公厅印发《关于全面加强和改进新时代学校美育工作的意见》中指出，美育是审美教育、情操教育、心灵教育，也是丰富想象力和培养创新意识的教育，能提升审美素养、陶冶情操、温润心灵、激发创新创造活力。"从狭义认识，美育则专指艺术教育。因此，艺术教育是美育的主体和实施美育的主要渠道，而各个教育门类同样负有实施美育的责任。"（尹少淳《改进美育教学正当时》）教育理论家滕纯提出了"大美育"的概念。他认为在所有的课程中，在一切的教育教学生活中，都有美育的因素，美育无时不在、无处不在。作为一种有着无穷价值的资源，"美"是人类数千年文明以来的永恒追求，关于"美"的教育，则是人类文明传承的重要方式。本节课的内容是国旗知识、国旗制作、国歌合唱，既包含审美和创造美的教育，又包含情操和心灵教育，无疑是从"大美术"观出发来设计的。

导入新课含"热"度。2021 年 9 月 25 日，孟晚舟被美国指使的加拿大囚禁 1028 天以后，终获自由，乘坐中国政府包机回国了。她在深圳机场的演讲中说："在中国共产党的领导下，我们的祖国正在走向繁荣昌盛，没有强大的祖国，就没有我今天的自由。"她还说："我们崇尚伟大，可贵的是，我们生在一个伟大的国家。感谢亲爱的祖国，感谢党和政府，正是那一抹绚丽的中国红，燃起我心中的信念之火，照亮我人生的至暗时刻，引领我回家的漫长路途。"国家力量至关重要。本课选用刚发生的重要政治事件短视频导入，孟晚舟热情洋溢的演讲、人民群众的热烈欢呼，有效地把学生带入热烈的情境中，为学习探究做好铺垫。这里说的热度，不仅是话题之热，也是创造情境，为学生爱国主义的学习情感预热。

思政融入见"深"度。思政的融入分为以下几个层次逐步展开：询问，学生回答在飞机上和人们手中看到了国旗，接着出示著名画家董希文的油画《开国大典》，直观说明五星红旗象征着新中国诞生。回顾、了解国旗的由来，中国共产党在取得内战胜利后，新政治协商会议决定在全国范围内征集新的国旗设计方案，为成立中华人民共和国做准备。一个月之内收到近 3000 份草案，最后选中了上海的曾联松的五星红旗设计方案，去掉了大五角星中的党徽。探究，具体了解介绍五星红旗的颜色和五角星的大小、位置的象征意义；拓展，先是对"革命先烈的鲜血染成的"红旗一角——红领巾象征意义的介绍，嘱咐同学们要佩戴和爱护她，并以杨塘学校附近马湖乡"十三烈士墓"作为实证进行说明，提议不忘先烈，用学习行动为之增添新的荣誉；强调，以《中华人民共和国国旗法》作小结，号召同学们要尊重国旗，并用自己的双手制作国旗，迎接共和国 72 岁生日的到来。本部分教学内容安排层层递进，教师教态端庄大方，语言表达准确精练，视频、图片、文字、介绍等教学方式相互转换、机动灵活，师生互动和谐默契。显示了教师扎实的教学基本功和机智的应变能力。

以生为本有"温"度。生本教育观认为人的起点非零，人拥有其自身发展的全部凭借，具有与生俱来的语言的、思维的、学习的、创造的本能，儿童是天生的学习者，潜能无限，是教育教学中最重要的学习资源。借助学生本能力量的调动，形成教育新的动力方式和动力机制。教师应是生命的牧者，而不是拉动学生的"纤夫"。教师在教学中要尽可能"不见自我"，要把教学内容从一大堆知识点转变为知识的"灵魂和线索"，来创造最大的空间，迎接学生积极飞扬的学习。当学生在课堂中真正成为主人，自己去体验和感悟真善美，就可以使教学中饱含的真善美最大限度地进入学生本体，从而起到最大的德育作用。由此，课堂教学成为最自在的、素朴的、无形的德育过程。本节课的教学在教师设问、学生答问、师生探究等多个环节、多重互动中充分尊重学生的意见，处处以学生为主体进行。在"五星"的位置关系学习中，因学生个头小，无法用手摆放小星的位置，教师干脆师生换位，让学生"指导"自己来移动小星，甚至将另一学生抱起，便于他用手操作，这些行为都充分体现了教师尊重学生、及时互动生成的生本教学观。

技术水平显"高"度。随着教育信息化的快速发展，提升教师信息素养和教师运用信息技术手段的能力，成为当下教育发展工作的重中之重。本课体现了教育信息化2.0背景下希沃白板与美术教学的深度融合。教师利用希沃白板的互动功能，在引导学生掌握五星红旗中五个"五角星"的位置关系时，通过白板软件设计了红旗和五星，邀请学生上台拖动、拼摆，直观便捷，培养学生图像识读和美术表现能力，巩固知识点，解决教学难点，提高了教学效率。教师可以实时拍摄学生作业过程和结果，将手机屏幕同步到电脑端大屏幕上，便于分享和评价。教师计划利用视频模拟升旗仪式，学生手举自己制作的国旗同唱国歌，进一步激发学生爱国主义热情。

美术表现重"精"度。因乡村学校条件有限，美术课时常无法正常进行，学生的美术素养和动手能力普遍较弱，给授课教师带来了挑战，因此课前必须充分了解乡村儿童学情，在教学预设上做好充分准备。本课教学因主题需要，作业难点在精确表现上，关键是五角星的剪法和贴法。为了达成目标，教师在折纸步骤图示、跟步折纸、剪切示范、粘贴方法以及材料工具的准备上都下足了功夫，同时现场巡视跟进指导也及时有效，保障了学生圆满完成作业。

一个不少讲"效"度。张艺谋导演的电影《一个都不能少》非常感人。"一个都不能少"体现的是对每一个学生的课堂教学公平。这个班的22位同学全部参加了本次教学活动。我不止一次听乡村教师说，眼下留守的学生在文化基础、学习方法、学习习惯等方面问题很多，也有两次赴乡村教师观摩公开课，亲历学生我行我素、教师无可奈何的尴尬场景，但在这一节课里，所有学生从始至终一直保持着高度集中的注意力，十分难得。这和诸多领导、教师在场的特定环境有关，但更重要的是教师教学的磁性征服了学生，所有学生的作业都成功展示。22 位同学的优秀作业给我们上了一课：学校教育一定不能有歧视，要面对全体学生，做足功课，静待花开。

作业展评有"亮"度。今年 6 月，教育部美术新课程标准研制组核心成员、浙江师范大学硕士生导师李力加教授在《如何才能让学生不要远离美术课——对中小学生美术学习评价的思考》一文中说："广州华阳小学教育集团，学生课堂作业全员化展示的做法，应该在全国推广。日常美术课，每个年级的所有平行班，每个班级全体学生的作业，都按学习主题整理入档，在恰当的时间，全员展示呈现，给每一位学生自信，这是面向人人的美育。"魏瑞江老师能让每一个学生"像艺术家一样"自信地展示自己的作品。这节课，吴孝文老师也做到了。9 月 29 日下午，22 位同学手举自己亲手制作的国旗，迎接十月一日国庆节的到来，这是多么光荣和自豪的事情。

当然，个人认为这一课也有瑕疵。教学示范因用纸张过小，远处学生看得不够真切，影响了观摩效果，导致在制作五角星上耽误了时间，但整节课是成功的，践行了核心素养教育目标，起到很好的示范、引领作用。

剪纸是稀松平常的"小事"，在这儿被演变成爱国主义教育的大事，在孩子纯真的心灵里打上"中国红"的深深烙印，了不起！

问题导向触发的思考

学生探究性学习的前提，应该是教师的探究性教学。尹少淳教授在《核心素养时代美术教师的成长》一文中提出新时期教师应具备的新素养："我们还需要掌握项目学习、任务驱动学习等带有研究性、合作性学习方法的教学程序和要点。"问题导向的探究性美术教学正是"任务驱动学习"的实践内容之一，有意义。

最近，听了戴韵茹老师工作室成员靳琪老师的一节研讨课，重点在"问题导向"的教学，便将随堂思绪记了下来。

情景设置的有效。问题导向的探究性学习，首先在于问题情境的设置，只有把学生带入有趣、有用、有意义的问题情境中，才能有效激发学生探究学习的兴趣，让他们主动积极、热情饱满地自主、互助学习，所以，头必须开好。要换位思考，从学生的年龄心理、兴趣爱好、学习生活、发展需要出发，设计多种方案，好中选优，精益求精，力求实效。

问题设计的优化。问题导向的探究性学习，问题如何设计显然影响着整个学习进程。预设中如何把大概念分解成若干有难度、有梯度、有价值、可解决的小问题尤其重要，教师不仅要备足教材，理清大单元中知识点的前后关系，还要梳理教材以外的相关知识，备足学生和生活，让问题设计真正有用、有效。在生成的问题与生生、师生对话中，淡定从容，左右逢源，调度有方，答疑释惑。

生本理念的落实。问题导向的探究性学习，着重提倡学生在自学、互学中解决问题，从而获得知识，提高能力，养成习惯，属于生本、学本的教学。需要充分相信、尊重和理解学生，营造宽松、民主、和谐、愉快的教学氛围，调动所有学生的积极性，挖掘学生的内在潜力，释放学生的生命活力，彻底改变以书本、师本、考本为中心教学模式，收获意外的惊喜。

合作机制的建构。团队合作互助是学生未来学习与发展的重要方式，学生在小组合作学习中如何协作探究就值得重视了。怎么分组、几人一组、谁来领头、如何合理分工才能避免"搭便车效应"，形成合力，各个击破，让人人有事做，人人尽其能。这要在平时养成习惯，形成长效机制，发现问题，突破瓶颈，摸索规律，让合作效率最大化，绝非一蹴而就那么简单。

深耕细作的探究。探究性学习，指学生在学科领域内或现实生活情境中选取某个问题作为突破点，通过质疑发现问题；调查研究、分析研讨，解决问题；在表达与交流等学习活动中获得知识，掌握方法，创造性应用。这个突破点很重要，如欣赏教学，教材内容太多，过去走马观花、蜻蜓点水，做的是线和面平铺，没有深入进去，导致学生囫囵吞枣，授业无以解惑；而从点切入，根据学段课标要求，或可深耕细作，觉悟真理，触类旁通。

探究学习的评价。探，试图发现（隐藏的事物或情况）；究，推求、追查，引申为"极，到底"。有科学定论的不须探究，在可探究内容的学习中，既要重结果，更要重过程；评价应以形成性为主，重点应放在学生探究方法和过程上，不能把是否探究出正确的结论作为唯一评价指标。

从整节课来看，四十六中靳琪老师入职不过 3 年，但从业态度端正，基本素质过硬，活动设计新颖，课堂把控灵活，尤其勇于挑战传统课堂的探究教学精神可嘉。名师工作室无疑给青年教师的专业化成长搭建了良好的平台，课题研究又为青年教师的学习研究规划了路径。我们反对公开课上的花式表演，喜欢这种引发人思考的探究型公开课，虽然有些问题值得深入实践和探讨，但整节课体现的研究价值毋庸置疑。

随笔，就是随时动动笔

著名特级教师李镇西说："对教育的爱与执着大家都是一样的，如果说我有什么不一样的地方，仅仅是对这份爱与执着多了一点思考，并用笔将其记录下来。"李老师用自己的专业写作史，成就了他一个人的教育史。

我赞同"教师要做研究型教师"的观点。说到研究，一线教师可能认为是大学教授的事情，自己可望而不可即。事实上，谁都可以做到。马克斯·范梅南认为，写作即研究；魏书生也认为，教师搞科研的主要工作形式就是写文章。教育随笔是最便捷的写作方式之一。

随笔，又叫随感、笔记，是一种传统的散文体裁。随笔选材广泛，形式自由，是随时反映见闻感受的一种文体。教育随笔就是用随笔的形式，反映教育实践中的经验、教训和感受、体会，或针对教育实践中的问题发表自己的意见、见解的教育应用文书。

从字面来看：随，是随时随地；笔，作动词，指记录。意思是随时随地记下自己的观感与思考，内容包罗万象，文字可多可少。

我过去喜欢把随感用关键词记在纸条上，然后利用茶余饭后的碎片时间坐下来写，从一两百字到三五百字不等，后来越写越多，越写越长。不知不觉写了几百篇短文，除了报刊发表的50多篇外，还被教育部直属的中国教育新闻网推荐了200多篇，最终编辑成册出版。写作与思考让我对教育教学有了更清醒的认识。

记得在合肥市教育名师工作室领衔人工作会议上，市教科院张勇建副院长曾说过：工作室领衔名师要把自己的强项传授给徒弟。我不敢像李镇西老师那样说写作是自己的强项，但写作的确让我收获颇丰，我希望工作室的成员和学员都要养成写作的习惯，尤其是教育随笔。可能大家认为自己没有时间来写，但时间是挤出来的，举几个例子：

三快（2010年10月30日11点30分）

有的学生绘画速度慢，效率低，很难适应高考考场限定的两个半小时或三个小时的要求。平时训练中，除了通过长期作业的训练，提高学生的观察能力和表现能力外，还要加强短期作业的速度练习。

加快绘画速度的要点首先是要手快，通过手的快速运动带动眼睛快速地观察对象和画面，眼球的运动速度也就随之加快，眼睛和大脑的关系密切，这样大脑的反应速度自然加快了，分析、比较的速度同时加快，当手、眼、脑的快速运转形成良性循环时，绘画就会准而快。

加法和减法（2010年11月1日1点40分）

初学作文时，要学会加法。要仔细观察，即使是记流水账，记得细致、详尽就好，言之有物是写好作文的前提。

初学绘画写生时，也要学会加法。要能将仔细观察到的画出来，越多、越细就越好，画得真切是写生成功的前提。

作文时，会记流水账当然还不够，还要学会如何突出主题，如何布局谋篇，如何处理详略，还要注意语言的锤炼等，这时，要会用减法，把某些内容概括甚至删减。

写生时，也要根据表现的需要，突出、强调对象的特征部分，把非特征的部分概括甚至删减，把主体部分突出，让非主体部分削弱。加容易，它只是眼睛和手的事；减就难了，是脑子的事，从减中可以看出人的艺术修养。

写文章是加加减减的艺术。写生也是加加减减的艺术。

给每人一个奖（2010年9月12日1点19分）

　　小学三年级的时候，班主任周老师找我画两个灯笼，兴奋极了。可我没见过灯笼，不知道是什么样子，就找到村里曾经扎过灯笼的老人，他病了，卧床不起，还是详细地说给我听，终得画成。当画贴在学校宣传栏后，我每天走过那里心里都美滋滋的。

　　老人病得起不了床了，还能忍痛耐心地给我指点，至今印象很深。

　　我能为孩子们做些什么呢？也许只能让每人都得奖，哪怕是优秀奖。尤其是农村的孩子，老师领他们到县城来参赛，很兴奋一阵，结果什么都没得到（哪怕是一张纸）。也许，无数个农村喜欢画画的孩子，因缺少老师的辅导，在比赛中被淘汰而失去绘画兴趣——一次比赛扼杀了孩子的兴趣，与举办比赛的初衷并不相符。兴趣是最好的老师，孩子们有了兴趣，即使没有技巧，也会接着画下去，越画越好。

　　我和负责此事的尹主任谈了自己的想法，他很理解，不仅爽快地答应了，还把一、二、三等奖的数量大幅增加，真是个随和又热心肠的人。

　　一个奖状也就一张纸，但它对孩子来说，是学习的力量，意义不同寻常！

　　这些都是短文，匆匆地记录下来。有时间后，我们还可以略微展开一下，进一步说事论理，给人启发。如《绘画益智》一文：

　　这幅白描梅花图的作者是陈益阳，一个五年级的孩子，不画铅笔草稿，不用衣纹笔，直接用大白云毛笔蘸墨，用1个多小时画出来的。画里涉及观察、比较、步骤、方法、形态、比例、穿插、聚散等很多问题，如形的观察比较，蘸墨的多少，用笔的轻重等，一不小心就很容易造成失误，但从准确、工整、细致的描绘上可以看出小作者坚定的意志力和细致的表现力，令人称赞。（介绍事件：谁？做什么？怎么做？做得怎样？）

心理学上，有人把意志力归为智力范畴，我十分赞同。因为，一个注意力不集中的孩子，在学习和做事上会面临很多困难。（理性思考，提出问题）

百度一下，我们能查到注意力不集中对孩子学习的负面影响：

完成学习任务时间长，与班里最快的学生比要花多一倍的时间；与一般速度的学生比多花40%—60%的时间。

注意力不集中的孩子很难胜任难度较大的学习内容，影响学习能力。

注意力不集中严重影响孩子的阅读、书写、记忆、思维的速度。

注意力不集中严重影响孩子的反应速度、敏捷性以及逻辑思维的正常发展。

由于注意力难以集中，无法专心听讲，难以完成课堂及家庭作业，致使学习成绩下降。随着学习任务加重，无法完成学业，导致学习困难。还容易出现烦躁、极端、自我评价低等心理问题。（寻找理论依据）

日本动画片《聪明的一休》中的一休之所以聪明，是因为他在关键时候能够想办法集中注意力，想出好主意，解决各种意想不到的难题，这个动画片滋养了日本好几代人的成长。（典型案例佐证）

人们常说，书画学习能够修身养性。书画活动能使人心静，心静则注意力集中。我在近三十年的教学生涯中遇到过不少聪明的孩子，有些天生爱静，也有些平时爱动，但学习做事时十分专注，学习能力特强，所以，我们可以通过书画学习来平静学生的内心，让孩子在书画过程中集中注意力，养成好习惯，继而提高学生的学习能力和效率。因此，一些家长把好动的孩子送去学画或学书法是有些道理的。（初步结论）

我国当代儿童美术教育先驱杨景芝教授在《美术教育与人的发展》中从八个方面论述了美术教育在儿童发展中的价值，包括：发展感知能力，培养丰富情感（艺术能使人充实和完美），培养创造意识，发展思维能力（视觉思维），促进个性发展，提高运用媒材、技术进行实践活动的能力，培养文化艺术修养，促进全面发展（全面发展是教育的最终目的）。（发展延伸）

悟性高的孩子很小就养成了专心致志的学习习惯。当然，习惯也需

要后天培养，绘画便是路径之一。(首尾呼应，小结)

这样来看，教育随笔写起来不难吧。李镇西老师说："你一个星期写一篇，如何？如果你能够一周写 1000 字，一年就 12000 字，那时候你会觉得自己非常了不起：'哇，我居然写了一万多字！'有了丰富的实践，又善于记录，善于积累，善于总结，就能成长起来。"

来吧，写教育随笔。

谢谢您！

"谢谢"这词儿，我每天都能听到，每天还要用到，所以，大多数人并不太在意谁对我们说过"谢谢"了，因为它太常见，太普通，仅是个礼貌或是客套而已。

但有一句"谢谢"我会永远记住，想忘可能也忘不了。因为说"谢谢"的人很特殊。

这是参加安徽省"中职学校专业带头人"评比那会儿，我们合肥市的五六个教师待在一个教室里，准备着按顺序上课接受面试。虽然大家都是老教师，说说笑笑显得无所谓，但有的人显得紧张，其中一个女教师特明显，老是在嘀咕着什么，焦躁不安。特别是听考场上下来的两位老师说：评委是从高校里请来的专家，坐中间把关的主评很有名，搞业务出身，是教学类的行家里手，自己没讲完就被叫停了，这让那位女教师更是紧张。

我知道，无生上课中没有学生，没有多媒体，对着三个评委大眼瞪着小眼干讲，本身就不太舒服，很难发挥自己的实际教学水平，而且还有时间限制，要在 15 分钟内讲完，但我比较放松。

我上的是高中美术鉴赏《美术作品可以什么都不像吗——走进抽象艺术》一课，先从绘画大师朱德群说起。我说："我们安徽萧县是全国闻名的国画之乡，但很多人不知道萧县还出了一个世界闻名的油画大师，他叫朱德群，我国首个法兰西学院艺术院士，他的作品是什么样子呢？请看大屏幕。"简洁的几句话集中了学生的注意力。"大家看到的是一些色彩的组合和笔触的变化，什么也不像。与我们上节课所学的具象艺术作品不同，大家可能很想看明白它，那就必须'走进抽象艺术'（板书课题），研究一下抽象美术作品的表现特征和审美价值。"

在激发了学生的探究兴趣后，我接着用师生对话和学生讨论发言的形式，从现代抽象艺术的奠基人、俄国艺术家康定斯基"发现"抽象艺术的故事展开"两位抽象艺术家，两种抽象艺术""艺术为什么会走向抽象？其艺术美有哪些表现？"等内容，后边再让学生做选择题来巩固和检查知识的掌握程度，用现场创作来加深对抽象美术作品的理解。在教学过程中，我运用了音乐和抽象美术作品的类比，要求学生聆听我用手机播放的当下流行轻音乐《荷塘月色》，然后用点、线和色块来表达自己的感受，通过小组互评和学生代表点评的方式肯定创作实践中的成功之处，让学生的眼、手、脑从头至尾都处于主动的探究之中，让学生的心情不断处于发现的喜悦和审美的享受之中——当然，这些都是假设学生在场的状态。最后，我让学生闲暇的时候到城隍庙去转转，利用抽象美术作品的审美经验选购抽象油画作品美化自己的生活空间，跟上时代节奏，提高生活品位。学以致用，我把学生的学习和生活紧密地结合起来，把课堂拓展到了生活空间。

因为这次无生上课提前给了题目，课前做了充分酝酿，内容设计精彩，上课思路清晰，语言表达流畅，联系生活紧密。平时积累较多，回答主评的提问也很轻松。

考评结束后，正准备收拾东西离开，没想到主评大人突然对我说了一句"谢谢！"——在这种场合，一般情况是面试者恭恭敬敬地谢谢考官的倾听，以博取好感，主评反过来谢谢我，真是难得。

一句"谢谢"或许只出于礼貌，但也是对我教学劳动的肯定与赞许，开心！我也谢谢您，谢谢您的谦恭与格局。

教学生做能人

陶行知先生"六大解放"教育思想是：解放儿童的头脑，使之能思；解放儿童的双手，使之能干；解放儿童的眼睛，使之能看；解放儿童的嘴，使之能讲；解放儿童的空间，使之能接触大自然和社会；解放儿童的时间，不逼迫他们赶考，使之能学习自己渴望的东西。

话题一：能看的也能讲。

在绘画教学中，能讲的学生也能听、能看，因为他们在课堂上能专注地观察，听清老师的要求，并迅速反应，把所见、所听、所感、所思、所想说出来，可谓耳聪目明者。因此，教学的第一任务就是引导孩子学会观察，观察出感受，感受出联想，这是作画和作文的基础，需要从小培养。

如看动画故事《狐假虎威》。

老师：这是谁呀？

学生：老虎。

老师：为什么说是老虎？

学生：头上有个"王"字。

老师：还有别的特征吗？

学生：身上有斑纹；

　　　耳朵圆圆的；

　　　牙齿尖尖的。

老师：老虎在干吗呀？

学生：走路，巡视。

老师的提问就是引导孩子有意识地观察和记忆。

仔细观察的孩子常常思维敏捷、反应迅速、回答准确。当然，每个孩子的兴趣、阅历不一样，观察、记忆、思考等能力就各不相同，但可教。

老师接着问：老虎在哪里啊？

学生：森林里。

老师：为什么说是森林呢？

学生：有很多树。

老师：多少啊？数一数。

学生：15 棵。

老师的进一步提问是引导学生观察绘画的背景，要求数数目是强化有意注意，加深学生对森林的印象，印象深了，后面就能根据记忆画出来。

张恩慧小朋友的回答最快、最准。这是专注地看、听、想的体现，值得赞赏。她平时的答问一贯积极主动，这样的孩子在课堂上学习效率高，成绩一定好。

绘画课堂关注的不仅是绘画，还要关注孩子综合素养，为未来发展做铺垫。

观察是一切学习的基础。诺贝尔生理学奖获得者巴甫洛夫在他的实验大楼上就写着"观察、观察、再观察"。善于观察的孩子就一定能写好作文，不善观察者怎么培训也于事无补。

父母是孩子永远的老师。家长在日常生活中也要留心引导孩子处处观察，大到生活场所如马路、商场、公园、乡村，四季风景如春、夏、秋、冬，人物特征如男、女、老、少等等，小到眼睛的睫毛和瞳孔、树叶的叶脉和缺损、蚂蚁的躯干角肢等等。引导儿童观察的时候，语言指向要明确，如从上到下、从整体到局部，要有耐心。

孩子养成了观察习惯，坚持下去不仅能画好画，对之后的学习也有帮助。

30 年前肥东实验小学王国兴校长的作文教学是有名的，出过专著，他的绝招不是补作文，而是每天早上让学生讲讲路上见闻，实际是培养学生观察习惯。

话题二：能思的也能干。

这幅画是王子轩小朋友画的，不简单。画面给人的印象是内容丰富，画得多源于看得多、想得多。孩子因为观察细致，又能把握要点，才能根据记忆画出四幅类似的画面来，每幅画中动物的动态特征都很准确。尤其是一些细节的观察和表现更令人叫绝！如老虎抓住狐狸的脑袋，画得十分生动——孩子看一遍就能捕捉这样的细节，了不起呀！

这幅画另有一个突出的亮点，就是敢于想象发挥。孩子根据动画素材，结合自己的生活感受和记忆联想，画了怪鸟、啄木鸟、蜘蛛等，用重复变化的方法营造了生鲜活泼的画面氛围，极其热闹。

所以，孩子要从小就培养想象力、创造力，胡思乱想成就奇思妙想，鼓励孩子放开手脚大胆去画，可以不求像，但不可不敢想。

这幅画还反映出孩子作业表现中的耐心和细心，这是意志力的表现，学习也好、做事也好，没有韧性和坚持，半途而废啥都做不成。日本人在儿童教育上做得非常成功，他们教很小的孩子做版画就是培养匠心，培养严谨细致的工作作风，值得我们学习。

可能有人说孩子画得不够像，再次强调一下：基本形态、动态、神态特征抓住了就好，不必太像。若想太像，不如照相，拿手机去拍，要画画干吗！看看世界美术大师毕加索的画，像还是不像？

当然，我说王子轩的画最像、特像，这个"像"是心相，是儿童心灵的自然流露、内心的真实表达，天真烂漫，鲜活可爱，这才是本质的像，所以毕加索说他终生学习儿童画。

儿童国画漫谈

2017 年 11 月美国总统特朗普访华时，习近平总书记送他一幅国画作为礼物，反映了总书记对中国传统文化的重视。

国画是什么？从美术史的角度来讲，民国以前的国画我们都统称为古画。中国画在古代无确定名称，一般称之为丹青，主要指的是画在绢、宣纸、帛上并加以装裱的卷轴画。近现代以来为区别于西方输入的油画（又称西洋画）等外国绘画而称之为中国画，简称"国画"。它是用中国所独有的毛笔、水墨和颜料，依照长期形成的表现形式及艺术法则而创作出的绘画。

中国画按其使用材料和表现方法，又可细分为水墨画、重彩、浅绛、工笔、写意、白描等；按其题材又有人物画、山水画、花鸟画等。中国画的画幅形式较为多样，横向展开的有长卷（又称手卷）、横批，纵向展开的有条幅、中堂，盈尺大小的有册页、斗方，画在扇面上面的有折扇、团扇等。

中国画在思想内容和艺术创作上，反映了中华民族的社会意识和审美情趣，集中体现了中国人对自然、社会及与之相关联的政治、哲学、宗教、道德、文艺等方面的认识。

那么，儿童国画应该教什么？我认为，大写意是首选。因为儿童的观察特点是善于抓住最感兴趣的主要特征，包括形态、动态、结构和细节特征等；儿童造型具有天趣，其特点是简略概括，正在大写意的"似和不似之间"（齐白石）。这叫量体裁衣，因材施教。

教学中要注意引领学生感悟中国水墨画的艺术趣味，认同民族文化特色；领悟中国写意画以线造型、以形写神的特点；提高对形象的观察、比较和表现能力；了解墨分五色，能加水调出不同的层次色调；掌握中国画的中锋、侧锋、逆锋、拖笔等用笔方法；掌握用笔的轻重缓急、线条的干湿浓淡及其对比协调关系；掌握破墨、积墨、泼墨等用墨方法；了解中国画计白当黑、疏能跑马、密不透风等表现特点；熟悉三角形、纵横式、之字形、半环形、环形等常见构图方法；敢于概括形象特征，离开书本进行创作；养成静心、耐心、细心的良好习惯和高雅的艺术情趣。

儿童国画应该怎么教？有人说儿童国画教起来很难，这是从成人的角度看问题，不够客观。我认为儿童画的教学要顺其自然，在引导儿童掌握必要的方法技巧后，敢于放手让儿童自由地表现和发挥，以表达他们眼中的事物、心中的情感。

在教学方法上主要可以采用以下策略：观察法，引导儿童细心观察生活（书本、录像、实物等）；临摹法，引导儿童临摹范画，熟悉绘画技巧；默写法，引导儿童根据对形象的记忆进行绘画；联想法，引导儿童根据现有材料进行联想添加；试错法，引导儿童在纠错中完善画面；说画法，引导儿童自评互评，相互交流；谈话法，通过讲述、分析、评价、鼓励等方法引导儿童；练习法，通过作业练习提高儿童表现能力；示范法，通过集体或单个教学示范引导儿童；改错法，通过改错提高儿童绘画表现能力；展示法，通过展示儿童作品促进交流，激励先进；避让法，留给儿童独立思考和表现的空间，不干扰；换位法，和儿童互换师生身份，激发他们主动学习思考；展览法，通过制作微信画廊等手段展示作品，激励鼓舞、促进交流。

国画趣味浓厚，讲究形神兼备，是中华民族智慧的结晶，需要下一代传承和发展。

课前热身真快乐

上体育课必须要做头、颈、肩、胸、腹、腿、脚等热身运动，让学生在生理和心理上做好准备，以减少运动损伤的风险系数，提高体育运动效率。

其他学科的教学虽然不用做生理上的准备，但心理预热也是必需的，这一点常被教师所忽视。假如教师开门见山，走进教室就上课，学生还没有从课下的放松状态中走进角色，注意力不够集中，情感不够投入，情绪不够稳定，学习效果必然会大打折扣。因此，教师在课前要想方设法帮学生做些热身准备。

而睿智机巧、风趣幽默的谈话式热身前奏，更受学生欢迎，并能很快将学生带入学习情境中。例如：

预备铃响了，教师走进教室，乐呵呵地告诉学生："昨天看中了几幅画，觉得真的很棒，就收藏了，现在让你们开开眼。"学生们立马睁大了眼睛，盼着一饱眼福。

教师不紧不慢地展开画："你们若是当评委，看画得咋样？"

学生们都叫起好来："画得真棒！"

气氛点燃了。教师并不就此罢休，问道："好在哪儿？"

学生你一言，我一语："构图饱满、造型准确、用笔肯定、浓淡干湿相间，水墨趣味十足。"

有眼尖的学生看到了画上的落款，叫起来："这不是魏同学画的吗？学生的画你也收藏啊？"

教师说："好作品都会升值的，当然收藏啦！"

"老师也想收藏你们的画，拿出来瞧瞧？"

毕同学交上四张，画得很用心，笔法也比较熟练。老师举起一幅画：

"这小毕也不简单，你们看——造型简练概括，用笔娴熟流畅，画面一气呵成，节奏和韵律很美。老师也想要，小毕同学愿意送老师收藏吗？"

毕同学爽快地回答："愿意！"

孙同学也交上四幅画来。教师惊讶地说："孙同学华丽转身啦！画得又多又好，看这小鱼多么简练传神，虽然寥寥几笔，其形、其神即跃然纸上，这不拘小节的大写意功夫已经赶上了齐白石大师啦！敬佩，敬佩呀！你们看值得收藏吗？"

学生："值得！"

接着，教师检查其他同学的作业，有几个没带来，也许没有画或是画了觉得不够好，不好意思上交，就开玩笑说："你们几个好小气，好画舍不得拿来让我们观赏，下次再这样，老师就不高兴了！"教师在欣赏中不乏鼓励，又不忘期待。

"好啦，老师今天真高兴啊！现在我们来学习新课，我期待着收藏每一位同学的作品！"

教师巧妙地利用课前三分钟，在看似闲聊的赏画、评画中激励鼓舞了学生，预热了学生的学习热情，为新课开始做好了过渡。

这种审时度势、随机应变的能力看起来是偶然生成的，实际上饱含着教师对于教育职业和学生的热爱，蕴藏教师在生活知识、专业文化知识和教学经验上的多年储备，在学习心理和学习规律上的觉悟和认识，特别是教师对自由民主、师生平等教学思想的理解，绝非一日之功。

"处处留心皆学问"，一个优秀的教师，必须学会收藏一切有益于学生发展的知识和经验，转化为教育智慧，再激活学生学习兴趣和热情，谱写课堂教学的优美诗篇。

好酒是酿出来的

20多年前，我写一篇文章要花一个月时间。定了题目，有了构思和框架，但写起来如挤牙膏一般缓慢。原因是头脑里东西太少。边写教学感悟，边找理论依据，边学习文章写作方法。当时找资料没有现在这样便利，我就到学校阅览室找杂志，把杂志上类似的文章内容都抄下来作为参考。这样艰难地写出来3000多字。题目叫《浅谈中师校园美术氛围的营造》，结果意外获得省级一等奖，并被推荐参加全国"首届中师美术教学论文评比"，获得二等奖，在安徽省55所中等师范学校里是并列最高奖。

此后，就有了写的信心，但总想写大问题，有时候有点教学小感悟，觉得幼稚，没写头。有一次，原肥东县教育局姜天尧副局长对我说，教学中有感觉就可以写，小中见大，但我还是写得少，不善于问诊课堂。那个阶段属于瓶颈期，越是对自己要求过高，越是写不出来东西。

现在看来，小中看不见大，是因为读的东西少了，心中无数；带着问题的实验研究少了，手中无器。虽然，平时不乏苦思冥想，但巧妇难为无米之炊，酝酿不出好东西来。

值得庆幸的是，21世纪初，在全国教改热潮中，与魏瑞江、朱国华等全国教改先行者在杂志上情投意合，以文交友，偶尔写一点教学小论文和教学课例、教育叙事在《小画家》《少儿美术》《教育文汇》等刊物上发表，燃烧着教学研究的热情。

这段时间，我跟踪订阅《中国美术教育》《中国中小学美术》等专业刊物，也购买了厦门大学张小鹭教授的《日本美术教育》，首都师范大学杨景芝教授的《美术教育与人的发展》等专业书籍研读，拓宽了教学视野，提高了教育境界，结合自己教学实践经验总结和感悟，日积月累，交流验证，信心越来越足，思想越来越清晰，眼界越来越开阔，慢慢小中能见大，越写越顺手。2010 年在网易创建了自己的博客，林林总总写个不停，结果把手写熟了。

现在写文章虽能说一气呵成，但要经过反复修改才能投稿，这个过程也是思想逐步成熟、布局谋篇趋于得当、遣词造句趋于合理的酝酿过程，时间是酝酿的前提，修改就是酝酿的方法。

有的人禀赋异常，天资聪颖，精力旺盛，作文作画一挥而就，我遇到过很多，那是少数超常之人。我们这些普通人做事，讲究个勤奋和执着，勤能补拙。如同美术创作一样，达·芬奇《蒙娜丽莎》画了六年，就是个酝酿和完善的过程。

联系教学来看，课堂时间虽说很紧，但我们一定要留给学生在创作上的酝酿、思考和完善的时间，不要急于求成。在技术上可以求快，但在构思立意上一定要遵循客观规律。

在当下人美版小学美术教学中，最大的弊端是蜻蜓点水、走马观花，学生根本没有作业的酝酿时间。原因主要是教材编写的教学目标和学生基础、学校教学实际脱钩，造成每节课的教学都来也匆匆、去也匆匆。教师教学引导时间过长，学生作业时间过短，几乎每节课都是虎头蛇尾，不了了之。很多公开课都如此，更不说日常教学了。如何真正让课堂提质增效呢？

我认为，教师首先要提供丰富的资料，充分激活学生的创意思维，要做到精讲，尽量不超过 10 分钟，留下更多的时间让学生精练。有了时间，学生观察、思考就有了保障，也就是在构思、创意、交流、调整上争取了酝酿和完善的时间，从根本上获得效率，而不是只图热闹。

从酝酿的角度来看，教师的教学评价不要以作业完整程度为主要衡量标准，而要倾向于学生作品的构思和创意，引领学生放飞创想，做深入思考，以求情感和审美意趣的真实表达。即使学生作业没有完成，意到了也是好作品，比为了完成任务而草草收场好百倍。

后生可畏

吴晗子高高的个子，壮壮的身板，匆匆的步态，加上儒雅的气度，就是个不错的小伙子，在中职幼教班孩子们的心中，绝对是"男神"级别，粉丝一大串。

但他在学校给人的印象似乎不突出，因为只喜欢坐在办公室一角忙自己的事，不爱搭腔，不爱走动，安安静静的，貌似周围的一切和他无关，很耐得住寂寞。就因为这个"耐"字给了我要写一写他的冲动。耐，不仅能解释为"耐心、耐力"，还能让人联想到"能耐"，因为在这次从肥东到肥西的两地名师工作室教研交流活动中，他在兄弟县美术工作室的老师们眼中也变成了"男神"，出乎意料。

本来，肥西县小学美术名师工作室主持人李学稳老师去年秋天就和我约定，想让我在交流活动中做个讲座，因忙着没去成，这次正好是个机会，或能给他们的成员灌一点"心灵鸡汤"，但我觉得活动内容安排较多，讲座时间仓促了一点，就考虑把机会给吴晗子，一是让他锻炼锻炼，二是发挥他的特长，讲一讲动态课件制作技巧，让短板的美术教师们开开眼界。和他说了我的意思后，他表现得却不够自信，怕讲不好"丢了肥东人的脸"。我对此倒不担心，因为不爱说话的人往往内涵丰富，做事认真，何况他是学设计出身，这方面必然技高一筹，只要事先做好充分准备就行。我嘱咐有关事项之后，就定下了，不容推辞。

那天下午的交流活动包含四个部分，先是肥西小唐老师的公开课，接着是集体评议，再是李老师的课题研究成果报告，最后是吴晗子老师的讲座，眼看快到放学时间了，连续折腾了三节课，大家困意已现，我真的担心老师们坚持不住，提前"开溜"，最后冷场，让双方主持人尴尬，更让他难堪，出师不利或许是个打击。

但他坐到讲桌前竟然淡定自如，挺直的身板端庄中透出坚定和执着，淡绿雅致的PPT背景舒缓了人们视觉的疲劳，嗓音清亮的开场白很快清除了室内的噪音，不紧不慢的语调好像也起到了镇静心理的作用。后边的事应该详细写一写才对，因我记性不好，事情又在忙碌中过去了一个星期，具体细节已经在大脑中模糊，但教室里肃静的气氛，老师们专心致志观看、记录的场景却是历历在目，似乎他的讲座有种很强的磁性，牢牢地吸引了大家的注意力——那一节课时间竟然过得很快，老师们形容为"意犹未尽"，还想再听一会。磁性发自哪儿呢？除以上介绍外，还应该包括：内容设置的精巧，技法介绍的精细，课件制作的精美，语言表达的精练，时间把握的精准，最终离不开讲座准备的精心。我一口气写了六个"精"字并非刻意拼凑，实是随感而来，实话实说。举个例子，在播放一个动态分裂的课件时，可能因讲桌上的台式电脑软件与他使用的软件不匹配，无法传达出声音，一般人在时间仓促的情况下也就算了，解释一下别人也会谅解，但他硬是用自己的笔记本电脑同步播放声音，以表现出课件制作的感染力，考虑之周到，应变之迅速，做事之认真令人刮目。再举一例，在讲解绘画作品"卷轴式"动态展示时，步骤与方法很是繁琐，他不仅分步确切、分解细腻，还利用改错演示法帮助人们正确掌握制作技巧，并强化记忆效果，用心可谓良苦。最后他还特别通过案例示范，提醒大家要善于搜集收藏网络flash动图资源为我所用，创新思维十分灵动活跃，给人的启发很大。从讲座结束后听课老师的热切问询中不难看出，课件高手、老师们心中的偶像诞生，"男神"也！

"从肥东到肥西，拎个计算机……"在仓促的40分钟时间里，他给肥东人长了脸，给肥东教师塑造了良好形象。"台上一分钟，台下十年功。"这次成功并不是偶然的，书香门第的家风熏陶，孜孜以求的读书喜好，日积月累的素养积淀，一丝不苟的认真态度，勤勤恳恳的劳动付出，严谨细致的工作作风……这些都是成功背后的推手，因"耐"而"能"是顺理成章的事情。

后生可畏啊！我喜欢这样的年轻人，看好这样的年轻人，也希望工作室里的年轻人都能像他一样，在核心素养的漫长积累中发热发光。

第四章　画中有话

守望在希望的田野上

冬季的乡野，寒风萧瑟，色调灰黄。

枯萎的杂草蔓延在田间小道上，密密匝匝地掩盖了人迹，却在微风中轻轻摇动着身子，像是打招呼，又像要让出道儿，却挪动不了脚步。煞白的稻草茬儿像地毯一样，僵硬又乱糟糟地铺在眼前，悄无声息地宣示着存在感，几只黑白分明的喜鹊聚在其中寻寻觅觅，见到来人时"喳喳"的叫声在寂静的旷野上异常响亮，它们惊慌离去的身影把我的视线引入一片围墙似的杨树林，搜索出潜伏在树林后面的小村庄，但见几缕炊烟绵软悠长，慢慢集结成天上一排淡淡的云，随风流浪，流浪。

不远处是绿油油的麦地，其中伫立着一个身着红色棉袄的"稻草人"，默默无语，像是一个饱经沧桑的老人，看惯了春风秋月，看破漫漫红尘，却又满怀期待，等着出门已久的孩子们早点归来，驱散独自守候的孤独和寂寞；又像一个焦虑的孩子，期待着外出打工的父母早点回家，倾诉心中的委屈与离殇；还像满头白发的老村长，在成片撂荒的土地上，执拗地坚守绿色的梦想，用以置换满腹的忧郁和惆怅。

留守的忧伤，像野草一样在我心中蔓延滋长。慢慢地，我的思绪走进了"稻草人"的身体里，抬头向四周瞭望，寂寞而倔强，耳边也回响起坚守者脚步的铿锵，慢慢地，慢慢地，遐想展开了飞翔的翅膀……

日出月落，斗转星移，我变成了母校老祠堂里的老先生，爱听钟声响亮，爱听书声琅琅。麦苗变成了一群活泼可爱的孩子，听他们欢歌笑语，陪他们嬉戏玩乐，领他们在美苑漫步，看他们慢慢成长。人生最大的学问是养心大法，人间最大的温暖是捧着太阳。

夜色深沉，古寺青灯，我悟出了修身传道的境界。尹少淳教授病中的行走，王大根教授深夜的耕作，李力加教授疲惫的奔波，李正火老师的"无墙课堂"，魏瑞江老师的"三心二意"，朱国华老师的超脱创新，李永永老师的开疆拓荒，徐军老师的文化苦旅……守望，酝酿出美术教育的希望。

春夏秋冬，"一网情深"，我想到了中国教育新闻网桃李社区的伙伴们。人心不古，物欲横流，浮躁功利，而他们却静静地坚守在各自的岗位上，胸怀未来，读万卷书，行万里路，勤勤恳恳，笔耕不辍，"一片云推动另一片云，一棵树摇动另一棵树，一个灵魂召唤另一个灵魂"，大家都在携手传播正能量。

仰望北斗，星星点灯，我看到了一个战士的身影。张国琳先生获得过版画界中国政府最高奖"鲁迅版画奖"，正从事"中华文明"历史题材美术创作工程《汉代太学独尊儒术》的巨幅版画创作，却乐意花费大量宝贵时间来做老师们的老师，以刀代笔，不厌其烦，将版画的火种传播到校园，传递给学生。曾经的他是保家卫国的战士，现在的他是开拓徽派版画疆土的统帅，是教育战线的导师，一片丹心，功德无量。

思绪经过畅想的洗礼，变得昂扬明亮起来——守望在希望的田野上，闻泥土芬芳，看炊烟飘荡，听歌声嘹亮，我们的心情舒畅。

这个冬天不再冷

——读画家黄海帆为慈善拍卖会所作油画《暖冬》有感

　　一间散发霉味的幽暗简陋的土屋，几个衣着单薄的孩子凑在一起生火取暖，忽闪着的火苗映照在孩子们脸上、身上，安静而温暖，一个乡村生活中最普通不过的画面，却引发人无限的遐思。

　　四个孩子，他们完全可以打一桌扑克，玩一场游戏——因为好动是天性，游戏是本能，谁把他们驯服得这样规规矩矩？唯有寒冷，因为御寒是生存的本能。

　　也许窗外微弱的阳光拗不过凛冽的寒风，孩子们单薄的衣服无法抵御寒冷入侵。于是，生活教会了孩子们就地取材，抱团取暖。他们抱来柴火，用一堆篝火点燃了春天。

　　这些都是谁家的孩子呢？两个大一点的小女孩像是姐姐，一个弯腰添着柴火，一个眼睛注视着火苗，满腹心事。两个小男孩像是弟弟，一个亲密地呵护着狗狗，一个拿着玩具望远镜抬头张望。小弟弟显然是姐姐领来的，确切地说应该是背来的，姐姐脚上的防水胶鞋告诉我们，室外可能是雪后初晴。

　　俗话说，水火无情。在乡村，玩火是家教中的禁忌，大人们怎就不管一管，出了事故怎么办？这样的冬天，孩子们这样单薄的衣着，冻坏了怎么办？大人们难道不心疼吗？

　　谁家的孩子不是父母的心头肉？你想想，倘若拥有父母的照料，孩子们的衣服会邋遢成这样？没有温暖的怀抱赖以撒娇，没有温情的笑容抚慰寂寥，这是留守的痛。倘若有御寒的棉衣，孩子们说不定正快乐地在雪地里打雪仗，哪有定力在这里无聊地闲坐。这是贫穷的痛。发呆和痴想格式了孩子们的表情，假如远方的父母看到眼前这样的情景，谁能忍住不泪奔？

这幅画，让我想到梵高在《吃土豆的人》中表现的贫穷带来的沉闷和压抑，想到杜米埃在《三等车厢》里对生活于社会底层的劳动者命运的关注与同情，想到何多苓早期作品中的浅浅忧伤。

但海帆所表达的情感依然是乐观的。你看，不大的窗户通向光明，冉冉的篝火释放温暖，还有那缥缈的青烟里面若隐若现的四个"爱心"。他把现实主义表现手法和浪漫主义的人文情怀相结合，呼唤人们对贫穷落后地区儿童生活的关注，对留守儿童成长的关怀。这种悲天悯人之心在他的很多作品中（如《手套》《我是谁》《盼望》等）都有体现，得到苏富比亚洲行政总裁程寿康先生的赞许，在法国高卢文化节中广受好评。

这是现实主义作品。从表现方法上看，远近俯仰的人物通过柴火紧密联系起来，他们和上方的窗户整体上形成稳定的三角形构图。人物的安排和处理别具匠心，抚摸着狗狗的孩子的温善，凝神静思的孩子的迷茫，抬头张望的孩子的期待，那空着的凳子又是为谁而留？处处发人深思。画家采用逆光手法不仅有效地丰富了人物的体积与厚重感，同时还虚化了背景墙面，拉伸了画面空间。这幅作品的色彩处理也十分巧妙，缕缕青烟在冷暖对比中烘托出暖的色调，有效地营造出温暖的氛围。可以看出，画家摒弃了广为流行的灰调子，用传统朴实的绘画语言让自己的作品处处散发着淳厚乃至苦涩的乡土味，张扬着鲜明的情感与个性，这是艺术语言表达的最高境界。

总之，画面集中体现了画家扎实的绘画基本功和高超的表现技巧，是主题内容和形式语言的高度统一，是大美、大爱与大智慧的完美融合。

最美劳动者

俗话说"树要皮，人要脸"。中国人向来要脸，讲究面子，朋友间哪怕是阳奉阴违，也要说点奉承的话让人"面子上过得去"。所以在物质生活日益丰富的今天，"要面子"的中国人对颜值的追求算是王道了。

于是，演艺界的小鲜肉们火了，靠一张鲜嫩白净的小脸蛋就能赢来千百万粉丝而名扬四海，赚得满盆满钵。据说某明星弟弟让粉丝们看一眼照片一夜就能筹集 480 万，刷爆了微博。

显然，小鲜肉们那张漂亮的脸蛋就是他们的饭碗，在有良知的人眼中并不最具"颜值"。那么"颜值"究竟指什么呢？度娘说："颜"在汉语中意为面容、容貌。"值"则意指数值。颜值表示人物颜容英俊或靓丽的数值，用来评价人物容貌。

颜值的"值"代表价值，是现于表面又隐藏其后的深层价值。它不限于面容姣好，或天真鲜活，或淡定闲适，或睿智沉着，或高贵优雅，或沧桑密布等多项内在价值，这些价值或阅读的结晶，或文化的洗礼，或艺术的熏陶，或岁月的沉淀，或苦难的雕刻，需要人们去发现和发掘。拙作《最美劳动者》便是后者。

那天，我带着学生到学校附近的工地上采风，拍了很多建筑工人的劳动场景，为他们的坚韧与朴实所动。很难想象，他们长期身处囚笼一般的脚手架之中，被无处不在的灰尘所包裹，做着单调而重复的动作，还时不时被尖锐或是沉重的噪音骚扰……一天又一天，一年又一年，如何坚持是个问题。说实话，我同情他们的处境，又实实在在地被他们聊天时的灿烂笑容所征服。

出生于乡村，同样作为最基层的劳动者，我和他们生存于同一平面里，更熟悉他们的生存状态——抛儿弃女，背井离乡，起早贪黑，风餐露宿，四季不辍，炎凉不惧，虽然一座座大厦在他们的脚下拔起，一座座桥梁在他们的脚下飞渡，一条条马路在他们脚下延伸，但故乡老人和儿女的留守，日渐荒芜的肥沃农田，独持家务的糠糟之妻……这些无不牵扯着他们的心，乡愁在酒精的迷醉中沉睡，思念在艰辛的劳动中倦去，他们的苦闷有谁能懂？他们的忧愁向谁倾诉？

而今，都市的辉煌早已屏蔽了他们的足迹，大街小巷的喧嚣也掩盖了他们的叹息，只有无情的岁月早早地在他们黝黑的脸上刻下纵横的印记。

为此，我在教学时时常发生角色错位，由教师变为家长，宽容许多，能够容忍学生的各种过失；随和许多，不计较眼前得失，而更注重学生未来发展与幸福。

或许是戴着悲天悯人的有色眼镜，让我眼前蒙上一片消极的灰色调。建筑工人们虽说辛苦和心苦，但精神却充满阳光。他们勇于面对，任劳任怨，用钢筋铸就的脊梁支撑着家的温暖，用有力的双手推动城市的建设和发展，用灿烂的笑容照亮美好的世界。正因为如此，富饶中华流淌着他们的热血，大美中华凝聚着他们的汗水，在举国共庆中华人民共和国 70 华诞的今天，他们最美——美在劳动，美在强大的精神世界，最终集中表现在脸上，就是深藏内涵的颜值。

我想用绘画来向他们致敬。画面选取了九个建筑工人的面容进行刻画。他们虽然形象各异，俯仰有别，但人人充满了阳刚之气，绽放着开朗的笑容，代表着一群人的精神面貌，释放着正能量。特写的镜头与九宫格布局让画面充满张力和视觉冲击力，不拘小节的粗犷刀法正适合表现他们粗放和张扬的个性，单纯的黑白语言是他们淳朴内心世界的写照，也增强了画面对比力度，突出了作品主题。

在人们关注"颜值"的年代，滋补与化妆固然能养颜保值，悦己怡人，但毕竟不能永葆青春，只有本色之美方能永驻不败，豪车别墅或是富贵的象征但并不代表精神的富有。因此，我敬仰这些普通大众的阳光心态，因为他们是真正的精神贵族。

画家黄海帆的人文情怀

黄海帆油画中"精湛的学院派功夫和悲天悯人的人文情怀"令人心动！

——苏富比亚洲行政总裁程寿康

在日益浮躁的经济社会，急功近利成了人们行为方式的注脚。但海帆不同，用"板凳甘坐十年冷，文章不作半句空"来形容他的敬业精神比较合适。海帆善于思考又能坐住冷板凳，因此他精湛的写实绘画技艺绝非常人所能及，作品被德国人推崇为"博物馆收藏"等级。

四川美院院长罗中立先生曾以高度写实的画作《父亲》一举成名，这幅作品有 216cm×152cm 大小，细节的绘制相对比较容易，而海帆绘制的《格林斯潘》只有 39cm×50cm 大小，同样能刻画得细致入微，可见其技术难度之高。难怪四川美院的一位副院长在看到海帆现场创作后给予很高的评价："你适合到美术学院当教授。"西安美院的一位退休院长也找到海帆商议合作事宜。

当然，技巧仅仅是实现创作目标的手段，创作主题往往更能体现艺术家的价值取向。有人欲重扛西方古典写实的大旗；有人"挪用"西方波普艺术的图式；有人沉溺于自闭的空间，异想天开，自我表现；有人随意涂抹，游戏与调侃艺术，完全脱离群众，不知所云；有人照相写实，只有真实的躯壳，却迷失了艺术作品的精神本质，凡此种种。海帆在令人眼花缭乱的当代美术思潮中依然坚守着出发时的初心，用画笔来表达对生活于金字塔底层的贫民的关注，因此我认为，人文民本是贯穿他油画创作的主线。

2009 年 CCTV-1 在采访他时，在《解放鞋》这幅作品上做了慢镜头让人细细品味——简简单单的木板背景朴实无华，三只被遗弃的破旧解放鞋也十分常见，但这解放鞋里面的劳动和心酸故事有多少，谁也说不完，谁也说不清。因此我用"攀越楼顶，解放了别人的昨天，却解放不了自己的明天"来表达自己读画的感受。作品《锁》则表现农民外出打工后"昨天已经锈蚀，往事如烟"的忧伤。而《手套》的破烂不堪又表达了"满口诉说着生活的艰辛，用汗水浇铸高尚的灵魂"，歌颂了劳动者的伟大。

作品《奶奶》是对从前生活的回忆，更是对亲情的深情追思，谁都有"儿时的依赖，长大后的牵挂，现在的怀念"啊。作品《盼望着》表现的是对留守儿童的关注：父母外出打工常年不归，孩子怎能不想？春天过去了，夏天过去了，秋天过去了，只有在冬天来临后的春节，爸爸妈妈才能回家欢欢喜喜地团圆。朱自清在散文《春》里用"盼望着，盼望着，春天来了"表达人们对充满生机的春天的向往，而留守的孩子却"盼望着，盼望着，冬天来了"。让人读了怎不揪心？《老人家》是我们在乡间处处能够看得见的，他们过去儿女绕膝、其乐融融，现在本应该在儿孙满堂的幸福中享受天伦之乐，可是孤单凄苦却是谁也改变不了的冷酷现实。

在绘画语言上，海帆从写实到超写实再跨越到梦幻般的超现实，作品的视觉冲击力和艺术感染力明显得以提升。他在作品《我是谁?》中表达了做儿女失去担当后的纠结。背井离乡，丢儿弃女外出打工，对上尽不了孝心，对下尽不了教育之责，对己更近乎残酷，有的长期夫妻分居，更造成人性的扭曲，无法享受家的温暖。他们在这种生活状态之下活着，没有个性，没有尊严，更谈不上幸福。所以，他们在挣钱养家中迷失，只剩下一个孤寂、无奈的脏衣服包裹着的躯壳，嗜烟酗酒，不知道自己究竟是谁。作品在 2012 亚洲艺术博览会上引起了广泛关注。而他的《根系列》（12 幅）作品，则拓宽了思路，表达了广泛意义上的人文关注。知名诗人、美术评论员刘羽先生用诗歌给了这样的礼赞：

她秀发丽影　如河流静静流淌
却背朝大海痛苦着渴望回归母亲的怀抱

她补丁锈印　悻悻枯肢

这是死亡之秀，地狱之美摇滚曲之魂

她突变的美蟠蛇的精灵

生与死的边缘踏着 Z 字步从母体出生

她在黎明

这是生的信号　新文明的曙光

出生的阵痛已全无踪迹　静静　地等待

她　已耗尽所有

穿透那呱呱一声的召唤

残月当空　天际已露出了一丝希望之光

　　田园的丧失，乡村的凋敝，肆意的环境污染，急促的城镇化脚步已经让人们紧张得透不过气来。人生于自然，归于自然，离大自然越远就越有心理上的恐惧感。《牧歌》则从怀念田园牧歌的浪漫角度来表达对环境破坏的担忧，对人们生存空间的思虑。为什么我们要在阳台上种花种草，不就是被囚禁后的怀念？作品无疑能够唤起人们对于自然保护的意识。

　　海帆的作品源于生活又高于生活，源于现实又超于现实，表达的却是现实中埋藏于人们内心世界的真情实感。他的很多作品色调阴郁，看起来带有契科夫小说中那种灰暗天空下的淡淡忧伤，但他又能从另一个角度揭示人们对幸福生活的追求和向往。这时候画面的笔触变得轻松起来，色调也变得明快起来。如作品《晶晶》，"走过风风雨雨，孩子就是晴天"，生活无论如何艰难，我们都能忍受，毕竟孩子就是我们心中的太阳；又如《哈欠》，父母"心头，那一团，热乎乎的肉"，看起来怎不惹人怜爱，这都表达了他对明天寄托的希望。这些人见人爱的作品，仿佛一缕明亮、温暖阳光把生活之美好、未来之希望播种进人们的心田。海帆用精湛、纯熟的绘画技巧，把希望之光从厚厚的云层里投入茫茫大地，释放着温暖，传递着生的希望——原来，生活竟然是那么美好、美妙。读者在感动之余，理念与流派、形式与技巧等高谈阔论就失去了意义，什么比触动人柔软的内心更重要？

海帆无疑是个执着和勤奋的人，有时他也会觉得累，但他善于放松自己。他会找些轻松活泼的素材信笔涂鸦，随手而就。他用绘画调节生命的节奏，演奏舒缓、明快的生命乐章——这时，他把色彩和笔触变成了一首首朗朗上口的小诗，抒发着热爱生活、热爱生命的浪漫情怀，在自我陶醉中享受着生活赐予的幸福与快乐。

读海帆作品，你会觉得他是个循规蹈矩的人，缺少运动，做事刻板，但你错了。他曾在学校和企业都是运动健将，羽毛球曾赢得学校冠军，后来又是企业的排球队队员，他的乒乓球直板横拍更是打得优雅纯熟。正因为热爱运动，他才能投以旺盛的精力进入艺术创作中。

他也是个想象力丰富的多面手，主攻油画，也喜欢其他美术形式的创作。如根雕创意就十分独特，作品很受收藏家的喜爱，法国收藏家收藏未果，每年都要到深圳来看一遍，以解眼馋，著名的"亚太资讯中文网"和《南方都市报》都曾有过专题报道。他随机用柚皮创作的意象人物头像，简简单单却十分传神，惹得程寿康先生总想拿一个回去赏玩。他偶尔玩玩的装置艺术也上了《深圳特区报》。

海帆留着长头发，大胡子，看起来粗犷豪放，不谙世故，实际上是个极其细腻、极具爱心的暖男，他悲天悯人的情怀值得敬重，尤其在这人情冷漠的世界。

好人，为好人而创作

记得小时候年年大雪，春节时总有不少要饭花子走家串户。他们穿着破旧的粗布棉袄，腿上裹着乱糟糟的稻草绳子，在厚厚的积雪映衬下，看起来肮脏又猥琐不堪，惹得不谙世事的顽童们跟着后边扔雪团嬉闹。当这些人走到我家门口时，妈妈竟然把他们请进门，又端开水又送点心的，像亲戚一样服侍着。我知道，妈妈是好人。

读初中时，我寄宿在乡政府姑母家局促拥挤的小平房里，姑父、表姐、表兄、表妹们从无怨言，待我像家人一般，姑妈常夹着菜撵着要我吃，弄得腼腆的我颇为尴尬。表兄善洁勤奋好学，在写作和书法上无师自通，耳濡目染和他不经意的点拨，让我喜欢上了写写画画，为后来的学习成长打上底色。姑母一家都是好人。

读初三的一天清晨，班主任万锦友老师全身湿漉漉地出现在早读课上，让人很为诧异，后来听说是一住校同学和谁闹了别扭，耍性子玩消失，老师在漆黑的雨幕中寻到天亮，这在 20 世纪 80 年代初极为罕见。我知道，万老师是好人。

在此后的生活中，我又遇到很多很多好人，他们与人为善，传递人间温情，温暖着人，感化着人。

我在工作中想为家长想，做为孩子做，忙忙碌碌不知疲倦，也努力想做个好人，但总觉得离好人的标准还差得很远，因为我遇到了一个画家好人。

他是张国琳先生，著名版画家，安徽省原美协副主席、版画艺委会主任。他让我真正认识到如何做一个名副其实的好人。

6 年前，与张先生曾见过一面，那是在我县美协换届会上，他应邀代表省美协来指导的，温和睿智，令人仰望。两年前，我和他有了近距离接触，是在市美术骨干教师培训基地组织的皖南写生活动中，他以指导专家的身份与我聊了很多。聊到徽派版画的深厚文化底蕴和从前在全国独树一帜的辉煌，聊到对眼下传承和发扬后继乏力的担忧，他认为自己必须要做些什么，并把想法付诸了行动。他带领合肥市文联美术创作中心的创作班子已经与市教育局教研室美术教研员张进老师联手，在合肥五中创办了两期美术教师版画研修班，在校园播种徽派版画的种子，让其生根、发芽、长大、传播，深谋远虑又卓有成效，他在合肥市美术教师队伍中掀起了学习版画的新热潮。

从皖南回来，我带领县美术名师工作室团队立即驱车到市里观摩学习，在五中于波老师和张进老师的引领下走进合肥五中艺术中心参观。不看不知道，一看吓一跳，那场景煞是热闹。

五中的办公楼整整腾出了一个顶层作为艺术展览和创作所用，南半楼和走廊为展厅，展出的有张先生和众多皖籍名家的版画精品，有获得国展大奖的青年画家力作，更多的是首届版画班学员作品，容量大，风格多，琳琅满目。

北半楼展现的是辅导专家和教师创作的繁忙景象：画稿的画稿，刻版的刻版，修改的修改，印刷的印刷——这儿简直就是个版画工厂啊！张国琳先生、省美协师晶副主席、市文联美术创作中心汤晓云主任等辅导者穿梭其中，人人忙得不亦乐乎。我们东张张、西望望，走来串去，什么都想看，什么都想学，最终脚步被"钉"在张先生边讲解、边修改的桌子前。只见他不厌其烦地接过一个又一个教师送来的版画半成品，先用粉笔划线改稿，边改边做分析解说，然后再以刀代笔示范刻版，或是大刀阔斧一气呵成，或是精心刻画细致入微，围观者目不转睛，生怕漏掉一句话，少看了一个动作。就这样，时间在不知不觉中流逝，眼看已经过了中午 12 点，该下班吃饭了，画室里老师们也陆续回家，张先生坚持为最后一个教师修改版面，不急不躁，循循善诱，刀刀出彩，经过他的"整容"，画面"颜值"大增。张先生的教学，不见盛气凌人的批评，只有耐心温和的鼓励，他的一言一行都用心呵护着每一位初学者的尊严，引导着大家自信地往前走，这样宽容的老师在我们教师专业队伍中也不多见，让你从内心感到佩服和敬重。

第二期版画学习班创作完成后，他又率领辅导团队大张旗鼓地进行宣传报道，出画册，办画展，上媒体，推送和宣传教师们的创作成果，在全市乃至全省营造创作氛围，激发更多的爱好者加入学习传承的队伍。来年，又在合肥市琥珀中学开办了第三期学习班……六十出头的他精力旺盛得胜过一般年轻人，自己肩负繁重的国家重大题材创作任务的同时，还这样勤勤恳恳为徽派版画的传承和发展而奔走，他是画家好人。

在我的人生之旅中，庆幸遇到这样的好人。

去年，张国琳先生和汤晓云女士以市文联创作中心为基地，牵头组建了"合肥市中国好人"版画创作组，为合肥好人树碑立传，我有幸加入其中，为肥东和肥西两位中国好人创作了肖像作品。在一切向钱看的物欲时代，信仰缺失、道德崩溃，横流的私欲正在冻结着人间温情，阻碍着社会的进步，但是物质文明和精神文明需要同步发展，人们需要好人，社会呼唤好人，好人的事迹要发扬光大，好人带领的创作组为好人而创作，弘扬人间好风尚，传递社会正能量，无疑是合肥美术创作上的一件善事，一件好事，一件大事。

在水一方

　　合肥市美术教师作品展评活动在赖少其美术馆举行，我送展的是油画《在水一方》，画面内容单调，色调淡雅，一般青年教师看不明白，我在此做个解析。

　　这是初春，虽说枯水期刚过，小木船搁浅在岸上，零落的碎石懒散地躺在四周，灰蒙蒙地水天一色，空旷的河畔不见一个人影，甚至连根草儿都没有，风平浪静，孤寂而萧瑟。

　　而小木船似乎在诉说着自己的故事，自言自语，平静又安详。

　　我听不见它的声音，却看得见它满身的创伤，猜得出它走过的地方，经历的风雨和沧桑。

　　也许它是条渡船，曾经为人方便，渡人无数；也许它是条渔船，曾经晨出暮归，鱼虾满仓；也许它是条货船，曾经远航他乡，满载而归……也许它曾疲惫不堪，但它曾自豪，也曾骄傲，也曾炫耀——只是，现在一切都已经不重要了，缆绳解了，得到了渴盼已久的自由，却又茫然起来——天很长，河很宽，而方向在哪儿呢？

　　忙碌的时候，只知道风雨兼程，却从没想过为什么；现在闲下来了，有了想的时间，却像是丢了灵魂，迷失了自己——我是谁，我从哪儿来，我要到哪儿去？这个困扰了西方多少哲人的无解命题如今找上门来了。

　　一阵阵冷风从船缝中呼啸而过，根本不理会小木船的烦恼，它在岸边躺了一个冬季，寂寞难熬，回归了自由却像丢失了生命，无可奈何……

　　于是，它希望春天的脚步快一点，再快一点，待到河水涨上来的时候，它要浪迹天涯，云游四方，寻找困惑已久的答案。

好在，对岸的树枝上已经暗绿点点，朦胧地酝酿着希望。

这幅油画想表现的，是人从年少走到年老、从热闹回归寂静、从激情回归淡定之后，对于人生价值的思考。

画面运用写实的手法，在仰视的构图中表达对小木船这个生命体的敬重，简约的画面内容、统一中略有对比的浅灰色调、高度减弱的色彩对比以及细腻的笔触，都是为了营造一个安静平和的气氛，精心设计的虚实处理为的是突出主体，整幅画轻松随意，力争形式与内容的完美结合。

作品在长临河古镇首次展出时，曾被县委书记带着宣传部部长等一干领导围观，书记对油画颇有研究，还充当了解说员。我想，也许处于"60后"的中年人心有感应，更喜欢其内涵吧，年轻人就不一定喜欢这个了，不热闹，太淡定，缺张力。

2017年春季，听了安徽大学美术学院院长陈林教授的创作讲座，记住了两个关键词：想法，减法。颇有同感，也颇为欣慰。一个普通教师的创作感悟能与大学一流教授的创作思想接近，实属侥幸。

峥嵘岁月

《江西教育》约稿的油画《峥嵘岁月》发表了，正逢党的二十大开幕这天收到样刊，很有意义。

少年时期，看电影是稀罕事，能看到"打仗片"更是稀罕。在我的印象里，只有《地雷战》《地道战》《红色娘子军》《南征北战》《奇袭白虎团》《上甘岭》《英雄儿女》这几部。虽然不多，但心中早已生长出对人民军人的敬仰和崇拜之情。

后来在公路上遇到解放军战士拉练，恋恋不舍地沿路尾随"真神"，不愿回家，那时，心中便有了军人梦，想着长大后一定要当兵。平时小伙伴玩耍，也常学着解放军的模样，手里握着"驳壳枪"，头上戴着柳条帽，追追打打，拼拼杀杀。我还模仿军用背包，用红线绣出"为人民服务"五个字，那在学校是独一无二的，颇为拉风。

可惜的是，过去乡下没有通上电，晚上照明用的都是煤油灯或柴油灯，我是喜欢读书的，在那种豆大的灯火下"挑灯夜战"，一不小心就把眼睛给熬近视了，当不成兵，但军人那种英雄主义情结早已烙入灵魂，根植于心，并转化为职业上的信念和执着，陪伴着我一路风雨兼程，教书育人。

在职业教育上，我发现很多学生学习上懦弱、懈怠、疏懒，而生活上却享乐、奢侈、浪费，便寻找机会，带领他们走进红色教育基地参观学习。

渡江一战定中华。渡江战役总前委瑶岗村离我们学校仅 6.2 千米，旧址旁边还建了纪念馆，馆藏文物近千件。有总前委领导陈毅用过的专用电话机，邓小平用过的马灯，粟裕用过的水壶，谭震林穿过的布棉线编织草鞋，王德使用的机密文件箱，还有钟玉祥用过的望远镜、布草鞋和功勋章等等，十分简朴，体现了老一辈革命家坚强的斗志和高尚的情操。陈列品也很容易将人们的思绪带到"百万雄师过大江"的峥嵘岁月，激发革命英雄主义和艰苦创业的豪情。这里是全国青少年爱国主义教育基地。

生活于小康时代的青少年，尤其是中等职业学校的部分学生，被影视娱乐中的享乐主义带偏了价值观，我们要让他们了解幸福生活的来源，懂得先辈创业的艰辛，珍惜大好的青春年华。我曾多次带领学生去采风，让学生身临其境，了解红色革命史，感知先辈创业的艰辛，感恩中国共产党的领导，珍惜和平幸福的生活，树立正确的人生价值观，养成艰苦朴素的生活作风。

采风回来后，即有创作的冲动。我根据构思，经过反复斟酌，选取能代表总前委领导和渡江战役战士生活与工作面貌的典型素材，如军服、军帽、军号和军用毛毯，公文包、盒子枪套和几粒子弹，背景加上一张毛泽东主席手书的"中央军委电——同意总前委的部署"文件，然后用 PS 进行剪裁、重组，形成新的布局，设定主次虚实和光影关系，再打印出来形成画稿，用油画写实的手法进行描绘。

画面稳定的金字塔形构图显得宁静、庄重与崇高，以破旧的毛毯做铺垫，以公文包为主体展开，竖摆的军服与横放的枪套形成动态对比，又与竖立的军号形成呼应和前后关系，军帽在其中形成过渡，文件贴于墙上起衬托作用。用细腻的笔触表达恭敬虔诚之心，偏暗的色调略带神秘感，沉着又怀旧。借用荷兰画家伦勃朗和美国画家怀斯的用光方法，设计了一束斜落光线，增强了画面的明暗对比度，将虚实关系大幅度拉开，丰富了画面，突出了主题。

绘画如同说话，也如同作文，皆为有感而发。作品曾在合肥市美术教师作品展评活动中展出于亚明美术馆，并获一等奖。

一件小事

晚饭前，妻子已将饭菜准备好，老同学忽然打来电话，说是喝点小酒聊聊天，放松放松，就我俩，欣然赴约。

这位同学姓万，同学中最为知己的一员，江湖人称"余老万"，三十年前中等师范读书时就自学完高等数学，眼下是我县数学界名师，颇有声望。他的书教得好，业余在股市上也相当有研究，已经拿了什么什么证书。证书当然证明不了什么，能证明的就是他对经济方面的研究较深、较透，所以受益匪浅，眼下经济实力不错，粉丝多多。我也是他的粉丝之一，只是口是心非，下不了真功夫，心不诚则不灵啊。

但他和我一样，教书上永远诲人不倦，50岁的人了，年年带班，为人谦和，学生喜欢；教学认真，领导信任。可惜我们业余爱好不同，他炒股，我码文字，各有发挥，因此彼此羡慕。只是他偶尔调侃我说："写文章又赚不到钱，那么辛苦干吗？"我也一笑了之，兴趣使然，有啥办法！投缘就时常小聚，一瓶酒俩人分了，几盘小菜，说天道地，喝完了暖融融、乐呵呵的各自回家。

回家路上，口渴。见路边摆摊的卖橘子，五元钱四斤，很便宜，就买了一小袋子回家享用。走到自家楼下，见一学生玩着手机，凑上去瞧瞧，在打游戏。

我问："上不了网了吧？"他抬起头来回答："是的。"脸胖乎乎的，很老实的样子。这让我想起了三十年前的自己，同样在这个学校，同样胖乎乎的一张脸；不同的是，我在明亮的路灯下读书，而他在黑暗里打游戏。

我家里安装了路由器，被他们破解了密码，因此楼下这一块每天早晚都聚集着不少蹭网的学生。学生无所事事，课余时间蹭网我也不反对，毕竟能为他们省点儿流量上的费用。上课时间和晚自习时间我就不支持，所以，出门前关了路由器，也就知道这孩子上不了网。

我蹲下身子问他："上不了网，一个人在这有啥意思?"他说："没事做。""你是哪一级学什么专业的?""14级汽修专业。"我知道，学校汽修专业设备比较简陋，的确没有多少事情做，这是昨天同样蹭网的二年级同学告诉我的。就追问："晚自习时间看看书也好呀，理论知识也要掌握的。"他说："看不下去，我不喜欢读书。"是啊，就是不喜欢读书才来了这里，我怎能不清楚。

我想和他聊聊，就递上两个橘子，他不好意思要，却也不走，愿意听我说。"孩子，你这么小，应该生活得很阳光，应该在教室里读书，为以后着想才对，学校条件可能有限，但不妨碍你们读书啊。在这黑黢黢的楼下玩游戏，你不觉得无聊吗? 你真的开心吗?"学生无语。我继续说："在学校就应该读书。年轻的时候多读一点好书，读一点专业上的书，为以后做点准备，是吧?"

孩子低着头依然不语。沉默片刻，我知道他不会和我说些什么，就抓了一把橘子塞给他，一定要他收下我的心意。他勉强接受了，然后起身说："谢谢!"一溜小跑，往教学楼方向奔去。胖乎乎的，似乎是我过去的影子。

回到家里，同学从 QQ 发来信息，我回了他。不知他是否又在股市里转悠，反正我还得码一码我的文字，说一说我这鸡毛蒜皮的小事。

黑暗中，有时需要一丝光的照射，有点温暖就行，哪怕很弱、很弱。也不知我这陌生人那几个解渴的橘子能否让孩子感觉到一点点的温暖，是否以后不好意思再到这个地方来……

童年的味道最美

　　真忙的时候，有些话可以不讲，有些书可以不读，有些事可以不做，有些人可以不理，因为真忙，其他一切都可有可无。

　　但也有例外，今天饭后就必须要写一段——必须的！否则做不成其他事情，包含午睡。

　　下班回家，推开门就闻着一股扑鼻的香味。我问妻子，她说是炖排骨。这味儿真香，也许她今天运气好，买着乡下正宗的土猪排骨了。妻子看着我老是仙风道骨的模样，体形上总是原地踏步，又整日穷忙，就在生活上对我是百般照顾，隔三岔五地烧鸡炖肉，帮我"催肥"，但遗传基因无法改变，再有加班熬夜的坏习惯，我的身材一直停滞在标准线下，缺少时下拉风的"土豪"味。她看我这么不长进，心里自然着急，但我清楚，任她用啥"添加剂"，想把我"催肥"也只能是她的梦。她这家庭主妇从来就没啥"中国梦"，有个"催肥梦"也算精神上有个追求，有个活法，我已习以为常。

　　话说回来，因昨天县领导安排的《包公故事》连环画已完稿，上午又和领导议定了举办研讨会和出书等相关事宜，心情放松了，自然就想自斟自饮喝上几杯，但想到她那炖排骨我就打消了念头——那不是下酒的菜，胡乱吃一些算了。昨晚熬到两点多，早点午休也好。

　　于是，眼光向饭桌瞥去，只见白生生的一碗米饭早已在默默地"恭候"着我了，而米饭的旁边是一大碗虾糊，表面点缀着青葱末，清白相间，热气腾腾。这立马勾起了我的食欲，必须就着小酒，慢慢品尝了。

　　童年的时候，乡村孩子想吃肉很难，但鱼虾河蟹却是饭桌上的常客。那时没有考学的概念，老师也没布置什么家庭作业，课余时间全是玩。春夏秋三季，捞鱼摸虾是我们的拿手好戏，既玩得快乐，又吃得开心，何乐而不为？

也许乡村孩子命贱，父母整日忙着自己的事，并不考虑有关安全事项，一切由我们自己做主，想去哪儿就去哪儿，想玩什么就玩什么。最放松的莫过于结伴钻入荷塘里戏水。我在《儿时的荷塘》一文中曾这样描述：

赤日炎炎，白云被烤得没了踪影，酷暑难当。

荷叶撑开她巨大的绿伞，呵护着那些嬉戏的顽童。水，清清、凉凉，温柔地拥抱着、抚摸着那些赤裸裸、光滑滑的身子。水底的淤泥，软软地按摩着那一双双不安分的小脚丫。水草摆动着婀娜的身姿，时不时地缠上顽童们的小腿，留下一两道粉红色的吻痕。

欢乐的笑声，融进莲荷的清香，随着清澈的波浪流向四面八方。黝黑的皮肤不时地闪烁着耀眼的油光，应和着碧波上的金色在水面荡漾，荡漾。

——忽然，水面上没有了声响，时间好长好长；

屏住呼吸，潜入水底，冰凉，冰凉，看谁先浮上……

儿时的荷塘，我的人间天堂。洁白、清香的荷花留下了心底永远的张望。

那时候过的，真是神仙般的日子啊。眼下，随着城镇化建设脚步的不断加快，自由自在的园田生活离我们越来越远，儿时的记忆却越来越清晰，挥之不去，梦中常来。于是，品着儿时的菜肴，便又回到了童年时代。

这时候，饭桌上品的不仅是美味，更是童年的快乐。

童年的味道最美。

难忘老师的微笑

读初中时，我一直是个中等生，也想冒尖儿，晚上在煤油灯下把眼睛都熬近视了，成绩却总是不见起色，结果差了 2 分没有考上高中。

9 月 1 日以后，我在承包地里帮父母做了一个星期的农活，心里依然想着读书，得到父母的支持后，就被同学领进了新学校一个 100 多人的"差生班"。那时初中也流行复读，好班和中等班都已经人满为患，进不了。

语文老师是个有故事的人，长辈们称他薛先生，在地方上颇有声望。据说他曾在报纸上发表过文章，因说些真话被错划为右派，平反后才回校教书的。他喜欢睡前就着花生米小酌几杯，不同于常人。他的故事，让我在心底里产生神秘的敬仰，但在课堂上，他清瘦的面庞总是带着微笑，写满了父辈的慈祥，让人觉得十分亲和。

那天上午，他一边在讲台上踱着方步，一边抑扬顿挫地诵读和讲解课文，我听着听着就分了神，只记得衣领被猛地提起，后脑勺"啪"的一声响亮——原来薛老师已经悄然踱到了我的身边，我竟然没有丝毫察觉。

"你的思想周游列国去啦！"薛老师的敲打和呵斥立马让我回过神来。"不知道怎么听课吗？我来教教你。"他一边说着话，一边摆弄起我来。"你们都看着，身体略微前倾，双手放平，眼睛盯着前方看。听课要全身心投入，除了身体动作，更要百分百地用心！"——这是把我当活"标本"使用了。我生性内向，最怕老师，经过众目睽睽之下这一教训，怎敢不规规矩矩听课？第二天课上，我调动全身心的力量将自己逼入了他要求的状态，硬是把他说的每一句话都塞进了耳朵，答问全对。他立即表扬了我，说我知错就改，是个好学生。

我一直认为自己的记忆力不好，此后竟突然好起来，课下能回忆出每节课的内容。觉悟了全神贯注的听课诀窍，终结了八年迷迷糊糊的学习生活，走进了真正的学习境界。

那时候，周末休息一天半，周六下午我都是待在家里写作文，周日跟父母到地里干活。因读的书不多，作文里写的都是生活里的所见所闻，自觉平淡无奇，但在遣词造句上还是比较尽力的，每每在草稿纸上改了又改后才抄到作文本上。没想到薛老师竟然喜欢，只要到了周六上午的作文课，他总喜欢拿我的作文当范本，一字一句地读给大家听，有时读着读着还朗朗地笑起来，笑得我心里美滋滋的。

于是从周一开始，我就怀揣希望，期待着星期六早点到来。

老师的赏识给了我极大的信心，让我在全神贯注和全力以赴中获得了成就感，享受到学习的乐趣。结果是两"全"成其美，升学考试时，全校300多名学生中共有三名佼佼者考取了中专，我这"差班生"竟也名列其中，赢得个"百里挑一"的好名声，在村里被传为佳话。要知道，在20世纪80年代初，考上中专就意味着终身端上了摔不破的"铁饭碗"，多少人羡慕啊。

据说我升学以后，薛老师时常在学弟学妹面前提到我这个"得意门生"，可我是个木讷的人，竟然没有一次专程回去看看他。

三年后，我也走上了讲台，对学生既严格要求又悉心呵护，播撒老师植入我心中的爱的种子……这一晃就过了三十年，很多学生也成长为教师，还有画家、设计师、身价千万的企业老总，而我也年过半百了。

回望走过的路，我明白了：老师犹如明灯，他不只照亮学生眼前的路，还照亮了一代代人光明的前程。

如今，薛老师已经80高龄，身体依然旺健。在第三十个教师节这个特别的日子里，我想带上自己撰写的《烛光夜话》《根雕摄影诗话》等几本习作，让他再看看学生的作文；我还要带上两瓶老酒，与他老人家小酌几杯。我期待他那父亲般慈祥的微笑。

女儿那时爱跳舞

女儿小时候善于观察和想象，所以画画得不错，5 岁画的《端盘子》上了上海《小朋友》杂志，赚了 20 元稿费；7 岁画的连环画《猴子吃枣》上了湖北《小画家》杂志，赚了 60 元稿费。有了这样的收获，按说她应该最喜欢画画，事实是，她更喜欢跳舞。

她两岁的时候，能把电视上模特走的"猫步"模仿得有模有样，端庄又优雅；三岁半的时候参加了学区文艺汇演，地点就在我们师范学校的礼堂，我下课的时候正赶上了她上台，跳的舞蹈叫《泥娃娃》，那天真无邪的模样，竟让我感动得流了眼泪。

后来，她转入本地最好的实验幼儿园，每年"六一"都参加校内的舞蹈演出，她十分开心。毕业那年，县里为庆祝"六一"儿童节，要在县政府广场举办大型文艺汇演，她们幼儿园也选送了一个节目。这个节目是在园内所有节目中遴选的，可惜她的团队不在其列。因选送的节目要参加全县演出，幼儿园自然要加强对孩子的训练，每天放学后都要让孩子们在幼儿园小广场演练几遍。我每次去接她，她都不愿走，硬要围着场子观看。她平时胆子并不大，但观看排练时却走到观摩人群的最前方，在众目睽睽中旁若无人地边观看边模仿动作，直到排练结束，可见当时的痴迷程度。

女儿此前曾跟着我们师范学校的舞蹈老师许苹学过半年舞蹈，许老师说她悟性高，又天生芭蕾舞脚型，应该好好培养，但我见老师训练的难度较大，担心对孩子的身体有伤害，就没让她继续学下去，虽然她很不情愿。

巧合的是，县里汇演前几天，有个参加演出的孩子生了病不能再训练。园长犯了愁：孩子们排练了一个多月，现在突然缺了一个人，有谁能替代得了呢？没有合适的人选，整个舞蹈的队形和节奏就被打乱，白费一个多月的心血事小，影响全县的汇演事大。焦虑当中，有个老师就想到了我的女儿并推荐了她，舞蹈老师让她跟着队伍试一试，没想到她一上场就跟得上队形和节奏，丝毫不乱——这小天使救场，让老师们心里乐开了花。当时，她在队伍里可是年龄最小的一个。

那天回家时，我刚把她抱下自行车，她就像小燕子一样飞进屋里向她妈妈报告——到现在我还觉得好笑。

最让她遗憾的是，进入小学后，因学校过于重视语文、数学的应试，忽视文化艺术活动，班里从来没有排练过舞蹈。她一直很抱怨这事，但我这个做家长的又有什么办法呢？此后，她走过繁忙的初中，一直到高中毕业，再也没有机会参加舞蹈演出了，我以为她的舞蹈生活就此画上了句号。

在她的记忆中，也许幼儿园的生活是最美好的吧。

考进哈尔滨工业大学后，她学的是环境设计，更是远离了舞蹈，没想到今年春节放假回来后，她竟然自个儿在卧室里练起舞蹈来——原来她参加了学校的舞蹈社团，虽然学过钢琴和吉他，但她还是选择了舞蹈。对这件事，我是举双手赞成的。孩子平时学习很辛苦，课余应该参与文艺活动来放松自己。她要我在楼上复式房间里布置舞蹈室，放假回来用，我当然满口答应，还顺便交给她一个任务：下次回来做她妈妈的老师，让妈妈既能享受跳舞的乐趣，又可以锻炼身体，她也满口答应啦！

兴趣，是与生俱来的，赶不走，丢不开，放不下，兴趣就是最好的老师。孩子的成长，当顺其自然。

父亲节的快乐

早上打开手机，收到女儿的祝福短信，言语依然十分简洁："老爸节日快乐丫，还是那句：少熬夜，少抽烟，心情要好啊！"这是孩子凌晨发的短信，碰巧昨晚朋友小聚，喝了点酒，睡早了一点，上午才看到。

孩子惯来没什么花言巧语，所述三点意见都十分中肯，前两点我做得不好，熬夜和抽烟都在慢慢克制中，想看点东西、写点东西，都得熬夜，高兴或是不高兴都得抽烟，几十年养成的恶习难以改变，只得用"享受习惯"来安慰自己。

孩子的习惯很好，早睡早起，从小学到中学一直这样。她最近要做模型、绘图纸，休息得晚点也是偶然。我想，她不会继承我的坏习惯。信息是 12 点 21 分发来的，忙到这个时候，还没忘记发个短信，不错啊。

自女儿发来短信问候之后，又陆续收到几个学生和教师"父亲节快乐！"的问候。孩子的问候是家务常理，学生和教师在"父亲节"能有这个牵挂，的确暖心。

我对学生们说过做他们的"老爸"，虽然教学中也时常有角色混淆，时常站在"老爸"的角度上替学生考虑，做些细致的引导工作，但毕竟只是个教师身份，温情代替不了亲情，教育代替不了养育，也只是做个"教父"罢了。

"一日为师终身为父"，做"教父"既有做"教父"的快乐，这是享受教育内容的一部分。做教师的，从孩子家长的角度事事为孩子的未来出发，就容易做到在耐心、宽容中激励、期待，因为懂得教育心理与方法，又保持有心理的距离，有时候比孩子的"家父"会做得更出色、更有效。父亲能给予孩子生命，"教父"则能焕发孩子的生命，让这个生命更有价值和意义。虽然做"教父"所付出的爱比教师会多一点，但收获的快乐也会翻番。

出差在外，学生婷婷曾发信息："老黄老爸，呵呵，起床了没？知道这两天变天吗？一定要注意保暖啊！您那么瘦又偏偏爱喝酒……身体是革命的本钱，在外和在家不一样，一定要注意身体，少喝酒多穿衣，还有就是早点回来……"学生小军曾在我的 QQ 空间留言"偷偷上次网，悄悄留祝福。满脑是空白，只有祝健康"。青年教师小文发的短信："黄老师，我不知道说什么好。因为我是农村孩子，同龄人中我活得并不怎么快乐！渐渐地在多种因素的影响下我没了自信。可是后来我遇到了范慧冬老师，她的教育方法给了我信心，成就了我的大学梦想。面向社会，您给了我更多的引导和鼓励，这将让我永生难忘！虽然我有很多事情不知道怎么处理，但是我会努力的。感谢您，恩师！"……这些情真意切的问候是多么养心呀！

"我为人人"，但不求"人人为我"，当我们把阳光快乐的种子播种在教坛以后，这些种子会生根、发芽、开花、结果，并随着善与美之风，像蒲公英一样传播各地。我一直能保持好心情，不过有此养心之道吧。

有人惦记着多么幸福。今晚得听孩子的，以后也是，不熬夜，12 点前休息，还要少抽烟。

老师爱喝二锅头

9月10日阴雨，第二节课以后，我从县城乘车赶往合肥西门大学城，老师就住在安徽职业艺术学院对门的童话名苑小区。

走进小区，我见环境不错，习惯性地掏出手机拍照，一位外地口音的保安警惕地看着我，问我是干什么的？我扬一扬手中的提袋，说是来看望老师的，他追问说："哪个老师？"我告诉他："一位高龄的薛老先生。"他这才放心，说认识他，还热情地帮我指路。

在保安的引领下，我很快找到了老师的住处，按响门铃后，答话的是他的儿媳："刚从五楼下去拿报纸，估计快到楼道口了。"果然，一打开防盗门，就迎面遇见他了——难道有感应吗，就这么巧！

其实，为了省去他不必要的麻烦，我并没有告诉他什么时间来，他一见到我马上叫出我的名字："发科来啦。"眼神清澈，感觉像是前几天刚见过面。这是我没想到的，我调离家乡已经二十多年了，过去我胖乎乎的，现在瘦削苍老，他竟然一眼就认出来，记性真好。

到了老师的家里，他笑着说："来看看我就很高兴啦，还带什么东西呀？"我说："这都是您喜欢的，是个心意。"两瓶老酒，是几年前辅导学生考编获得的奖品，专门留着孝敬他的，另有高钙奶粉，补钙需要的，四本书稿也是他喜欢看的——过去他喜欢我的作文啊。

他的儿媳很和善，是个做事利索的人，家里被收拾得干干净净。老师拿出香烟递给我，我客套地拒绝，问他："您还抽烟吗？"他说："毛主席和邓小平的逝世与抽烟无关，我到这个年纪不想戒了。"他告诉我："袁隆平院士也抽烟，他采取的是四、三、三的方法节制，也就是上午四支、下午和晚上各三支，我受启发，也在节制，现在每天只抽 12 支了，慢慢减少。"哈哈，老先生的身体健康得很，思路也十分清晰！我开玩笑说："我明白了，这抽烟又喝酒的臭毛病是从您这儿学来的啊！"他仰首大笑起来。

于是，老先生带着他的老学生坐在沙发上边抽烟喝茶、边叙起了家常。原来他从教很早，既是我叔叔的老师，也是我大哥的老师，怪不得过去家里人都叫他"薛先生"。又叙到从前教书的杨塘中学，叙到从前的学生……我能感觉到他对乡村学校生活的怀念，对乡村学校生源每况愈下、乡村教育凋敝的担忧——这么大年纪了，心里还记挂着教育，教育人的情怀呀。

我从包里掏出几本书稿说："教了 30 年的书，经历了很多，也有自己的思考，写出来，就攒了几本小册子，算是交给您的作文。"他翻开《烛光夜话》看起来，我本以为他随便翻一下算给我面子，哪知道他竟然很快就看进去了。我问他："您看得清楚吗？"他指一指桌子上的《参考消息》淡定地说："我看报纸上的小字也从来不戴眼镜。"似乎嫌我大惊小怪了。天啦，我虽刚过 50 岁，已经是近视、散光加老花"全副武装"了，真不知道他老人家的眼睛是怎么保养的。

不觉午饭时间到了。老师的儿媳问："中午喝酒吗？"老师说："喝酒，你拿酒来。"语气不容置疑。我问："老师还天天喝吗？"他回答说："每天两遍酒，已经习惯啦。"酒拿上来了，他要拆纸盒。我说："随便一些，又不是外人，有没喝完的散酒就别拆了，我在家常喝二锅头。""我喝的就是二锅头。"哈哈，这爷俩还真对眼！那二锅头酒精度高，喝起来有劲，他老人家竟然能适应。不过老师喝酒有讲究，他每天三两，分午餐和晚餐两次，喝酒前先把酒倒进一个小玻璃瓶里，放在热水里焐热，然后再一杯杯斟入小酒杯慢慢品尝。

我们边喝，边吃，边聊，不知不觉一个多小时就过去了。因下午有事，又怕耽误老师午休时间，我吃完饭就匆匆往回赶。老师微笑着送我出来，再回首，看到老师慈祥的微笑，爽朗的精神，倍棒儿的身体，我在心中暗暗为老师祝福！

一个好老师，能成就学生一辈子的幸福，不知他此时是否感觉到这一点。

朴素的奖状快乐的心

下课后，刚出教学楼大厅，就听到楼上有学生在急促地叫喊："老师，老师，等等！"我本能地回头看看，见楼上窗口一个学生似乎是向我挥着手，就放慢脚步走着。

不一会，学生从背后飞奔而来，她喘着粗气，急速地跑到我的跟前，递上一张纸："老师，你看看，我画完啦！"我接过来一看，很好呢，一张纸上16个格子里画满了人物简笔画，构图均衡，大小适当，笔法熟练，完全符合要求。"老师，我是第四个画完的，算第四名了吧！"我赶忙说："是的，是的，你真行啊！"孩子春光满面，笑靥如花。

初学简笔画，学生们因基础差而自卑，自认为一节课能画几个就算不错了，但我相信她们只要克服自卑感，就能发挥自己的潜力。于是通过示范、分析说明了绘画原理和技巧，然后进行倒计时批量作业训练，这种打破常规的训练方法很快提高了绘画效率。这孩子开始一直叫着"画不好"，现在竟然这样认真地追下来求证"第四名"，这认真、执着的劲儿是对自己能力的最大挑战，也给了我教好这门课的信心，更是对我教学的最大肯定和奖赏啊！

她把作业变成了"奖状"，把奖赏贴到了我的心上。

是啊，美术教师最开心的莫过于看到满意的学生作品，学生的成功就是给予老师最高的奖赏，学生的快乐就是老师最大的快乐。

教师的教学工作是个良心活，每天要与学生面对面，只有尽力做好才能让自己坦坦荡荡而无愧疚之感，因此面对面的后边其实是心比心。

李镇西老师在近期博文《至高无上的礼物和奖状》一文中说道：

昨天获得成都市改革创新人物奖，还上电视，接受访谈。固然很光荣，但和今天我收到的礼物与奖状相比，就大为逊色了。虽然这些礼物和奖状都很朴素简单，也值不了多少钱，甚至有的还很粗糙，但在我心中，这些礼物与奖状来自学生心中，相当于"诺贝尔教育奖"！

李老师的学生们，在教师节这一天用心制作了不同形式的"奖状"，来表达对校长老师的敬意。与成都市政府颁发的"成都市改革创新人物奖"相比，李老师更喜爱学生简单朴素、发自内心的敬仰，并将之上升到国际"诺贝尔教育奖"的高度，足见他那颗朴素的教育心。是啊，学校和教师的服务对象是学生，只有学生最具有颁奖权，学生把热爱校长老师的朴素情感用朴素的方式表达出来，是至真、至善、至美的奖赏，难怪市政府的奖励也"大为逊色"。

撇开功利主义思想，朴素、本真的教育付出，让我们无时无刻不享受着学生的奖赏。

马路上，一声亲切地问好；课堂上，一个会意的眼神；作业里，一串完美的答案；日记里，一段真情的描述；节日里，一个短信的问候……这些无时不在，都是学生对我们的肯定与赞许——生活在这样温暖的时光里，享受教育人生的快乐，我们幸福无比。

李镇西老师的"奖状"引起了我的遐想，做班主任的，在来年的教师节一定要发动我们的学生，用朴素的方式给每位关爱我们的老师发个"奖状"，让老师们在节日里都开心一场。

我推崇李老师的教育理念：朴素最美。关注人性做真教育，幸福至上，享受童心，当好老师。

教师也可过把"影"

县摄影家协会秀美肥东网举办的公益性"摄影大讲堂"已经进行到第九期，本期主题是《美就在身边》，授课的嘉宾是中国摄影家协会理事、安徽省摄影家协会名誉主席徐殿奎先生，这也是"摄影大讲堂"开讲以来最高级别的讲座了。

接到通知后，我马上在自己创办的"肥东美术家协会群""肥东未来摄影家群""肥东美术教育群"转发，同时又转发到"肥东教育家培养工程培养对象群""肥东教师继续教育中心兼职教师群"，转发海报的同时，我又附上一首打油诗，希望引起重视：

爱美之心人皆有，有美相陪少忧愁。

而今文盲不多见，却看美盲满街头。

大师上门送真经，捕光捉影做高手。

坐失良机太可惜，请上文广六层楼。

作为秀美肥东网的版主，我这样做不算多事，即使不是版主，我认为这是个"美事"，自己在做好事。因为，人们需要美，渴望美的陪伴，但恰恰"生活里不是缺少美，而是缺少发现"。徐殿奎先生"导航"，把大家带到一个美的世界里邀游，教给人们一双发现的眼睛，这多么难得啊。一般来讲，教师的日常工作比较繁忙，课余生活又比较单调，若能忙中偷闲，常出去转转，既锻炼身体，又愉悦心情，两全其美。谁不乐意为自己营造一个精神生活的美丽港湾呢？

教师的文化素养和思想境界普遍较高，在摄影主题内容的选择上高人一筹，又长期在校园文化的浸染中，具有相当的审美能力，因此上手会很快。

另外，物质生活条件提高了，数码相机也比较普及，买个专业一点的单反相机也不成问题；即使没有相机，也可以用智能手机代替拍摄。只要做个有心人，就能拍出好片子。

从大的方面来讲，摄影是美术，是艺术文化，而教师是文化的传播者，教师的兴趣爱好直接影响着学生，如果教师的摄影水平提高了，在校园里对文化的传播力度就会更大、更有力。师生共同参与的摄影作品展示、展览和竞赛等活动必然为校园文化创建工作增添无限风光。

虽然摄影也有其专业性，技术含量高，但数码时代已经让摄影技术退于第二位，拍摄功能的调节与相片后期制作技术日趋便捷和简化，一机在手，哪怕"傻瓜"也能熟练地掌控操作。摄影家协会里的一些退休教师和老干部，没有一点美术底子，却把片子拍得很美，乐在其中。从照相走进摄影只相差一步，并不是我们想象中的那样遥远。

业余玩摄影要做好两件事。一是多看，网络摄影资源十分丰富，到处都是美图，只要稍微留一点心，多一点欣赏，就能开阔眼界，扩宽思路，做到胸有成竹。平时看电视的时候留点儿心，无论是什么内容的片子，新闻、故事或是人物、动物、风景等，都在传授着摄影师的拍摄技巧，这里是内容最丰富、学习最便捷的大课堂，不可错过！二是多拍，对自己喜欢的素材多拍一点，从不同角度去拍，总结经验，多中选优，就必然能创作出批量优质作品来。玩摄影，能在平凡的生活里发现和定格不平凡的美，创建自己美好的精神生活，真正提高生活品质。

善于情感释放，为人会少些抱怨；善于放松自己，工作就不会太累；善于欣赏世界，生活就不会乏味。我希望我的教育同行们都能手把相机（或是手机），从照相到摄影来个华丽转身，做一个生活的热爱者，做一个美的创造者。

假如，我们的客厅、书房、卧室乃至餐厅、过道都悬挂着我们精美的摄影作品；假如我们的教室、办公室乃至走廊都张扬着师生的精彩创意，我们是否营造了一个美好的环境，增添了一份快乐的心情？

心动不如行动！

遇到高人

上午，神交已久的高正文先生来了肥东。

他身材不高，却是高人；腿有残疾，却是好人。

说他是高人，因他系中国作家协会会员、安徽省作家协会四届主席团副主席、五届主席团顾问、安徽省报告文学协会副会长，以报告文学名世，已发表、出版报告文学作品 500 多万字，著有长篇小说《酒缘》《暗害》《香雪飘处》，报告文学集《部长家的枪声》《法官受审记》《医道怪杰》《关山难越》《高正文作品选》《啊，苍天》，长篇纪实文学《痛苦与冲突》《十年河西》《调查牛群》《蔡玉昊》，散文集《短笛真情》《魅力塘桥》，电影文学剧本《琵琶行》，电视剧本《八公山敢死队》等。作品曾获 1982 年《安徽文学》佳作奖、1994 年金盾文学奖、第二届全国乌金文学奖、2008 年第九届金盾文学奖。2007 年被中共安徽省委宣传部授予"安徽省六个一批（文艺类）拔尖人才"称号等。他的《部长家的枪声》1982 年 7 月在《安徽文学》发表后，被《新华文摘》全文转载，之后有 100 多家报刊予以连载，法律出版社还出版了连环画，脍炙人口，在全国产生了强烈反响。在 2014 年 4 月安徽省举办的"高正文文学创作 35 周年研讨会"（我省第二人获得此殊荣）中，省作协主席许辉称他是"安徽报告文学作家的一面旗帜"，评价极高。

高先生无疑是文学界的高人，他 1969 年入伍，1976 年 7 月 24 日，在一次军事演习中，为保护战友的生命，用左腿压住即将爆炸的手榴弹而负重伤，左腿高位截肢，右腿大面积创伤，关节腔周围至今仍残留 24 枚弹片。他是救人的英雄，在我的心目中是完美的好人。

说他是好人，因一年前经市政协的同道推荐，我冒昧地将自己的两本书稿《烛光夜话》和《根雕·摄影诗话》发给高先生指正，他读后褒奖说：读过不少教育随笔，最喜欢你写的，朴实温暖真性情，又有文学性，希望加入省作协。我少年曾有过文学梦，后来从事美术教育工作后就再也没有想过。我是省美协会员，写作只是业余爱好，随心所欲，更谈不上什么艺术性。高先生这样一说，增强了我的信心，也为我指明了方向，我愿意去努力。他还喜欢我把根雕、摄影艺术与诗歌融合为一体的表现方式，为此还赠我一个大众文艺出版社出版图书的机会。遇到这样的好人，唯有感动。

我自觉自己也是好人，于是好人与好人在一起相见恨晚，彼此无拘无束，无话不谈。高先生性格豪爽，睿智随和，说话正直果断，言行举止中明显带有军人风度，没有半分文人的孤傲清高，更没有官场上的世故圆滑，与他相处因简单而轻松愉快。午饭时，我请来了本校热衷于教育思考和写作的吴大元老校长，虽然薄酒素菜，但在文学的共同语言中聊得很欢。高先生十分健谈，他谈得最多的是他个人投资筹建的图书馆，其中收藏了大量名作、名著和安徽籍作家图书，据说规模在全国也是数一数二的。他说送我出版图书的机会，是想将我那另类的《根雕·摄影诗话》也纳入馆中收藏，我荣幸之至。

遇到高人，有名人指路；遇到好人，有贵人相助，这对于年轻人十分难得。到了我这个年龄，激情已经燃烧殆尽，没有了年轻人疾步如飞的脚力，但无才无能却有福缘，心满意足了！

感谢遇到的诸多高人和好人。

"平头" 百姓的坚守

在诚信高度危机的当下，人与人之间失去了信任，但我对一个修车师傅却言听计从。

认识这位师傅已经二十多年了。他个子不高，敦厚壮实，永远的平头短发，也是永远脏兮兮的宽松衣服。做事的时候言语不多，慢腾腾的不慌不忙，很是沉稳。从前骑自行车的时候，每次车胎跑气送到那，他下胎、补胎、上胎、充气，忙活好一会儿工夫，也就收 1 元钱，而且补过的地方从不会再漏气。到车胎坏得不能再补时，他会告诉我"该换了"，我很愿意听他的。他问换好的还是一般的，我说"换就换个好一点的吧"，找来新胎换上，10 元多，骑个一两年不会再坏。信任着，却没问过他的姓名，因一直留着短发，我就叫他"平头"师傅了。

傍晚，电瓶车大灯不亮，骑过去，他前后看看、摸摸，换了一个开关，两分钟不到就搞定了，就这么简单。

有时候我想：这修车的事又苦、又累、又脏，收入却不多，他这么强健的身体做什么都行，为什么不找一个更赚钱的营生，老是守着这个破修车摊子不放手呢？

几年前买了电动车，我就很少到他那儿去修车了，因为车行有售后服务，维修是免费的。这车行老板是个女的，能说会道，为人客气，也霸气，据说做过体育教师，但她手下的修理工就不一样了，蔫蔫地打不起精神来。刚买新车的时候，出些小毛病找去，他们还能客气地接待，再去，也就待理不理，弄得像是差他钱似的。再后来的维修，则漫天要价。看这情形，我再也不去了，车子坏了，还是找"平头"师傅。

他也与时俱进，自行车修得少了，更多的是修电动车。我每次经过他的修车摊儿，看他都是蹲守在那儿，不停地忙活自己的事，似乎没有到什么地方受过专业的培训，可见他维修电动车的技术一定是在实践摸索中琢磨出来的。

那天，电动车的刹车不灵了，我去找他，同样是前后看看摸摸，然后慢腾腾地找来钳子，蹲下来拧一拧螺丝就搞定了，我骑上车试试，好多啦！问多少钱，他淡淡的一声说："算了。"接着忙别的活——好长时间都没上他这儿来了，这让我挺不过意的。他告诉我，电动车最大的缺点就是刹车技术不过关，容易出毛病。看来，实践出真知，他修电动车很在行。

有一次，车子电路坏了，无法启动，我只好从学校出发，笨拙地推着去修理，弄出一身臭汗来。因为离他那儿稍远一点，见路边有一个新的维修点，停下来就近维修。修车的是个小伙子，他打开前盖，急急忙忙地拉出一摞电线来，再拔去线夹直接接上，车子有电了，收了 10 元钱。没想到上街回来又不行了，也就那么巧，当时正好路过"平头"师傅那儿，我让他看看，他把后座打开检查，原来是电瓶上的插头全生锈了，接触不良，换个插头就行，3元钱。我把小伙子做法告诉他，他憨憨地笑着说："那地方接线很牢固，一般不会出问题。"原来，小伙子是在忽悠我啊。

因修车与"平头"师傅结缘，这一晃就快 20 年了。他总是不停地忙着自己琐琐碎碎的事情，似乎一直很满足，一直不知疲倦，我从没听他抱怨过什么，也没见他有解决不了的问题。现在，人到中年，他敦实的身体已经发胖了，散发着温暖的气息，虽然从没有问过他的姓名，但对他总有兄弟般的亲切感。他的敦厚让人信赖，他排忧解难的技术让人感激，尤其是他在普通岗位上的严谨与坚守，更是让人由衷地尊重。他这一辈子也许发不了大财，但却能踏踏实实地做自己精神上的大腕。

教师的职业普普通通，所做的事也是琐琐碎碎，若是有他身上的这份安居乐业、淡定坚守的品质，不也可以做自己的精神皇帝吗？

老师是好人

我们学校处于县城的边缘，西边是条大河，河对面散落着许多村庄。我时常骑车过去转悠，可以拍拍淳朴的乡村景色，又可以找些树根做我喜欢的根雕。

因工作较忙，很久没过去了。今天周一，下午上完了一节课，等着政治学习例会，看还有一个多小时，忽然想过河去看看，就骑上车直奔而去。等绕过大河，到了目的地一看，入目荒草萋萋，一片狼藉，村庄已经不复存在，变成了一堆堆废墟。远处突然"长出"的几栋高楼告诉我，这儿被房地产商开发了。

沿着长蛇般游动的石子路往里走，看着垃圾中的断壁残垣，想着从前鸡犬相闻的田园图景，滋生的怀旧情愫怂恿着我不停地拍呀拍，想留下记忆。

继续向前，脚步停在村前一个小池塘边上。木板搭成的台阶次第伸进水里，却被疯长的杂草包围起来，水面挤满了浮萍，透过清幽的缝隙依稀看到小小的鱼儿潜游。一只白色的蝴蝶忽闪着翅膀，从杂草丛中亮闪闪地飞过来，无声无息，忽高忽低像是在巡逻。周围静悄悄的，似乎很久没有人来过。村子里尽是倒塌的墙壁与满地横七竖八的红砖头，让人无法插足，只能远观。外围一个搓麻线的纺线锤很有年代感，捡起来做个纪念；又见两个青黄色的大葫芦，留着做雕刻或是画脸谱。我这样一边搜索着，一边拍摄着，可惜时间仓促，一圈没转完就得往回赶。

村口有白发老夫妻俩在菜地里干活。路过他们身边时，老大姐见我车上放着葫芦，热心地对我说："这个葫芦已经不能吃了，苦涩！"她显然是把我当作拾荒者了，好心提醒我。今天出门，妻子知道我又去"拾破烂儿"，要在树丛里钻来钻去，怕把皮衣划破，就找来 10 年前的旧外罩给我套上，这个样子的确像个拾荒老人。我捡树根、做根雕，在教育研究上也自诩"拾得"，所以博客以"拾荒者"命名，在老人家眼里也是实至名归了。"我是对面学校的教师，经常来转着玩玩。"听我这样一说，老大姐客气起来："老师是好人，你别走，我送你个南瓜带回去吃。"说着就麻利地弯下腰身去摘南瓜。"谢谢您！我家里有。"身上没带钱，我哪愿意白拿人家东西，急得举步要走，谁知这位大姐十分热情，已经抱着一个硕大的南瓜向我走来，恭敬不如从命，我只得迎上去接着。本想和他们聊一会儿，又要踩着时间点回学校学习，尴尬中只得谢谢再谢谢，然后骑车急急地逃走——人情大似债，要记着回赠。

把自己辛勤劳动的果实无偿赠送素不相识的人，只因为"老师是好人"。多么温暖的赠予，多么朴实的感情！在这个人与人之间互为猜忌、互为防范的信任危机年代，说老师是好人的恐怕不多。这位大姐的礼物何止是送我一个人的，她是送给我们整个教师队伍的啊！沉甸甸，分明装满了百姓对咱们教师的信任和期待！

学校政治学习，自然要讲政治。但我觉得，这位大姐的一句话却给我讲了最大的政治，最温暖的政治。

近些年，我一直被琐碎的事务缠身，等再去转悠时，已经是一年后的事情了，废墟已消失，看到的全是推土机在轰隆隆地"耕种"。两位老人也不知道住在哪个小区，欠下的"人情债"无处可还。我只能在教育上默默耕耘，做个好老师，不辜负老人家对"好人"的期待。

垂钓还在老地方

很久没有钓鱼了，这次带上了鱼竿回村里，想寻回童年垂钓的乐趣。

我小时候最爱钓鱼。我们村子的东南有个占地百亩的大水坝，它的周围簇拥着纵横交错的沟渠和上通下达的河道，南北地势稍高处又新建了几座人工水库，其间点缀着很多小水塘，整个村子周围形成了一大片湿地，也算鱼米之乡，是少年儿童摸鱼捞虾的好去处。

大约是爱美的原因，我做的鱼竿颇为讲究：把粗细不同的竹竿截成几段，用小刀削平突出的竹节，用砂纸打磨光滑，再由粗到细按序组装起来，这样收放自如，便于携带；用鹅毛剪四五节鱼漂，间隔穿在尼龙线上，最后在距离鱼钩约一寸处缠上锡垂。这种细活一般小伙伴没兴趣，他们在一根竹竿上拴根尼龙线，在尼龙线上再拴上木头鱼漂和鱼钩也就成了，能钓鱼就行。钓鱼也要动脑子，我在找地点、看风向、下位子、穿钓饵上都有一些自己的套路，所以通常钓的鱼比别人多。慢慢地就成了头儿，我到哪里，小伙伴们就影子般地结队跟着，倒是不孤单。

在钓什么鱼上，我也挑剔。水塘表面浮着的餐条儿，瘦长瘦长的，钓上来后捉在手里没分量，而且乱碰乱跳死得快，我不喜欢。鲫鱼胖乎乎的，捉在手里沉甸甸的，颇有成就感，它的性子慢，放水里养着还能活着带回家。因此，总是领着小伙伴们绕弯儿跑到偏僻、水草丰美的深水处垂钓。

这次也不例外，我避开假期开车来垂钓休闲的人群，绕道来到儿时最爱钓鱼的老地方，大闸的对岸。这里远离四通八达的村道，一看便知少有人往。大片的田野荒芜着，没有了从前绿油油的麦苗或是金灿灿的油菜花，丛生的杂草早已掩埋了行人的足迹，修长的芦苇在微风中无力地摇晃着满头"白发"，似乎无声嗟叹着时光的流逝。水里浓密的狗尾巴草不见了踪迹，取而代之的是成片蔓延的外来物种水葫芦，这些入侵者疯狂扩张，挤压得水面越来越小，水色也因此一改过去的蓝青而变成幽暗的酱油调，死气沉沉，无半分活力。唯有被风吹皱的水面上，偶尔泛出鱼跃的水花，标志着水里生命的存在。

一只喜鹊好奇地飞到前方兀立的电线杆上，对着我叽叽喳喳叫个不停——这片领地早已属于它了，它像是在驱赶我这个入侵者。池塘里的几只野鸭子十分淡定，悠闲地忙活着自己的事，无视我的骚扰，只偶尔兴奋地"嘎嘎嘎"叫上几声，像是欢迎故客。近处水草中潜伏着的青蛙，偶尔也冷不丁响亮地"呱呱"几声，刺破周围的静穆，标榜着存在感。

我轻车熟路地在两三个避风处下好位子，然后穿上钓饵，放好竿子，点着一支香烟，边等着鱼儿的到来，边回味着童年往事。

朦胧中，我的眼前出现了一种奇特的幻象，仿佛水塘对面活跃着少年的我，个头不高，光着脚，默默张罗着自己的事，没有顾盼，没有言语，但灵动鲜活；我的周围，流动着高矮不同的小伙伴的影子，往来穿梭，或隐或现，使得水塘周围瞬间热闹起来；水面上似乎也飘出对话的声音来，或高或低，或近或远，这种幻觉带着我穿越了几十年的时光，与童年的我默默为伴，与童年的伙伴共享欢乐。

也许，只有在童年垂钓的老地方，才会出现这种特别甜蜜和温馨的幻象。

风风雨雨走过了几十年，这地方总让我魂牵梦萦，童年时期播种的快乐早已在我的心中扎下了根，我如何能忘记。童年时期的人，童年时期的事，已经转换成一幕幕温情的影像，刻录在我的脑子里。当我重新回到老地方，时光便摁下了按钮，让它循环地播放起来。

远处的放牛人走来好意提醒我，说这里被抽干过水，没有鱼了，但我喜欢这种久违的感觉，一边静静地等待，一边播放着心像。终于，第一条鲫鱼光顾了，肥肥的，披着金黄色鳞甲——斗转星移，物是人非，鱼儿竟然一直没有变样。

垂钓还在老地方，让心灵重回鱼塘放养，几分亲切，几分惆怅。

回到老地方，与其说是钓鱼，不如说是钓回童年的好时光。

说客

说客，出自西汉司马迁《史记·郦生陆贾列传》："郦生常为说客，驰使诸侯。"指游说之士，善于用言语说动对方的人。

据说，孔子的弟子子贡是春秋时期的著名说客，曾经出使齐、吴、越、晋四国，成功说动四国君主与权臣，改变了鲁、齐、吴、越、晋五国的命运，对春秋争霸格局产生重大影响。

日常生活里的说客，一般是乐于助人者，比如牵线搭桥、成就美好姻缘的红娘，调解矛盾、化解纠纷的和事佬。在村里，我最佩服隔壁的廷里叔爷，村里谁家夫妻有争吵，邻里有纠纷，只要他一出场，就没有解决不了的问题，受人尊重。

做生活里的说客要深谙人情世故，我们这类阅历肤浅的读书人是望而却步的，但只要心中向善，也能在力所能及的范围内"说"成一些好事来。

最早的一次是为义务扫盲班拉学生。我们村子很大，失学的女童也多，我想帮她们识点字，让她们出门能认个路。1984年寒假，大雪封门，人们基本赋闲在家，我找到大黄小学的发扬校长，想利用学校的老祠堂办班，他满口同意，把学校的钥匙交给了我。我立即行动起来，先跑到陈兴集供销社买来一摞大白纸，再请二宝兄弟陪我一道，冒着鹅毛大雪到村东的下陆村讨回刻制工具，马不停蹄地刻字印刷，做出扫盲识字的读本。准备工作完成后，再摸底找学生，上门一个一个地劝说，小孩子害羞不好意思来，我就说服她们家人帮忙——我那时算是村里难得考上的"秀才"，人们也给面子，很快就拉来十几个人，开起班来。那是第一次当老师，心情很激动，因为一心忙着上课，一个寒假把双手都冻烂了，是从小到大唯一一次，疤痕至今还在，算作纪念。

半年后中师毕业了，为帮人求学又上门做了一次说客。家住我家对门的发如（现在叫发儒）兄读高二那年，父亲去世，哥哥生病，家里失去了主要劳动力，只得停学回家挑起养家的重担。那时已经责任到户田，他播种插秧、犁田耙地，什么脏活累活都要干，吃尽了苦头。过了几年，他的哥哥身体康复了，家里境况有所好转，尤其是过去的同学很多都考上了大学，他也想啊，但他的母亲不同意。我听说以后，就找到另一个要好的发前兄长，请他帮我一道去劝说。那天，我和发前兄一道专程跑去游说了半个上午，前前后后道理讲了一大堆，但他的母亲就是默不作声不松口。也许，是欲扬先抑，为让他珍惜机会，这次说服工作是有效果的，第二天他就如愿以偿，后来到撮镇中学文科班复习，考上了安徽大学法律系，现在都做了副厅长，二级巡视员。回头来看，那一次游说算是干了一件好事，也算大事。

教育工作者说服的对象主要是学生，一般都是琐碎的小事。从入职开始，年年说、月月说、天天说已经说成了职业习惯。

刚参加工作那年，在杨塘乡中教语文。初出茅庐经验不足，涵养不够，不分场合地批评学生，结果遇到一个"钉子户"张同学，家是校南小张村的。过去，学生对老师比较恭敬，所以张同学课上没有为难我，晚自习后却带了个同学找到我的宿舍来"兴师问罪"——当时学校条件简陋，宿舍和办公室是合二为一的。张同学个头比我高，年龄也比我大一岁，曾外出打过工，有些社会阅历，因觉得打工没有前途又折返复读。那天晚上和他谈了些什么早已记不清楚了，反正都是联系实际的励志、感恩、奋斗之类的事例，一个多小时后，他被我讲哭了，趴在办公桌上抽泣。我那时候满怀教育激情，经常和学生一起散步聊天，全身心投在工作上，学生应该是能感受和理解的。

现在来看，这种说客依然是失败的。不以人为本，不善于寻找和发现学生的亮点去鼓励，一味地找缺点说自己的道理，并不能真正给予学生强大的学习内驱力。几年以后，另一次说服工作的成功便是证明。

我进修了美术专科，被调到了古城中学。当时，县级以下分为几个大区，每个区再管辖几个乡（镇），因美术教师属于稀缺资源，一个区也难摊上一个专职的。我到古城中学教美术以后，学校老师和过去的同事就把自己喜欢画画的孩子或亲戚介绍过来找我学画，如此，学校便有了远近闻名的特色班，因美术考上了很多学生，提高了升学率，在省教育厅招生办都算挂得上号的。

有个傍晚，本校的初二学生王同学要学画，我一口拒绝了。因为，在班主任那里，他是个很难缠的主，常常逃课，每次被找回来写了检讨，做了保证，但过几天就忘了，又偷跑出去，难搞得很，我哪敢自找麻烦，但他软磨硬泡就是不走，说了一大堆"改过自新"的好话。我见他真是下了决心，心也软了："空口无凭，你写一份保证书给我吧。"他说："我在班主任那儿的保证书，已经可以订成厚厚的一本书了，写出来也没用。我跟您以人格担保说话算数。"从他的言语和眼神中，我读出了他的决心。于是，我因势利导，照例是说一番励志成才的道理。这次能根据他机敏过人的优点，目标指向十分明确，当时"老板"是社会热词，我联系他家人做过生意的实际情况，希望他未来做设计师，也做个财大气粗、令人羡慕的"老板"。结果，画画也带来了他文化课学习的动力，如愿考上了美术中专学校。

转眼到了2001年（7年后），他意外地打电话来报喜，说在深圳创建了自己的家装企业，也买了房子和车子，兑现了我们的约定，此后他的尚泰企业越做越大，成了品牌。国内知名网站"新浪家居"曾邀请他以《革除痛点需将施工标准化和工人产业化》为题，解读2015年风起云涌的家装市场，以及尚泰作为传统家装企代表如何解决家装行业广受诟病的痛点，在行业上指点迷津。

再后来我调到县城，做班主任，带美术班，做了大量的说服工作。教室里说，马路边说，有时还跑到学生家里说。有一次，竟然把"死马"说"活"了。

美术班里的李洋，绘画时十分沉静，素描、色彩、速写都不错，但他文化课成绩一直不好，平时测试总分从没有超过300分。省专业统考分数出来后，过了线，全班进入文化课集训阶段，但我每次看他，都是没精打采的样子。我知道，他只是对文化课没有信心，老师们也没对他抱多大希望，缺乏动力。我认为，凭着他对美术的热爱和绘画的韧性，拼一拼还是有可能的，决定和他谈一谈。

晚上 9 点多，刚下自习，天上飘着零星的细雨，我把他叫到体育馆的门楼旁谈心。我聊到我的一个同学王学政，1990 年夏天考上南开大学企业管理研究生，面试时被导师看中，导师让他在一个月内看完 10 多本书，然后参加美国福托公司的一次选拔考试，如果成功了，就有机会到复旦大学培训一年，然后公费出国留学。这次参加竞争的都是已经在读一年的研究生，而王学政还没有真正迈进南开大学大门，但导师的鼓励让他很自信，苦干了一个月后，他取得了成功。自信是成功的敲门砖。我提醒李洋：考前集训是补缺补差的最好机会，要振作精神，分秒必争，奋力一搏，即使今年走不了，也为来年复习开个好头。这次游说起到立竿见影的效果，他开始发力了。高考文化课成绩出炉后，我在学校统计的过线名单中没有找到李洋的名字，正感到很遗憾，他来报喜了："老师，我考了 315 分，过线了！"后来我才知道，文化课老师在网上查分时，以为他过不了线，漏查了他的分数。后来他考上了宿州学院，毕业后当了美术教师。

我是教师，但工作并不单纯，除了教学以外，还兼职县美术教研员、市名师工作室领衔人等工作，引领教师成长，也要做说客。因自身经历积累了一些经验，在工作和交流中，每每发现有追求、有情怀、能付出的教师，我总要游说一番，帮助他们树立发展目标，规划成长路径。王卉是我工作室的首批成员，她虽然不是美术专业出身，但喜爱手工达到痴迷的程度，自学做了一大批手工作品，进入工作室后，我为她做了长远规划，引导她实践与理论同步发展，去年成功入选安徽省第十三批特级教师，而另一位数学教师梁玲也在我的游说下成功申报并入选。其他包括本校、校外，县内、县外的语文、数学、政治等各学科教师，我也乐于做说服工作，希望他们心中有梦，快速发展，并在做课题、写论文、投稿子等方面帮他们出谋划策。

近年来，受邀为省内外教师培训做过不少教科研成果类分享。我喜欢讲自己亲历的教育故事，因为亲历才有说服力，才容易感召更多的人热爱自己的职业，热心投入教科研行动。从某种意义上讲，这也是说客了。

　　做了这么多年说客，我的经验是：凡对方所想，说一定能成。这是内因和外因的作用关系，说到底还是人本的问题。